Ante los ojos de Desirée

Alfaguara es un sello editorial del Grupo Santillana

www.alfaguara.com

Argentina
Avda. Leandro N. Alem, 720
C 1001 AAP Buenos Aires
Tel. (54 114) 119 50 00
Fax (54 114) 912 74 40

Bolivia
Avda. Arce, 2333
La Paz
Tel. (591 2) 44 11 22
Fax (591 2) 44 22 08

Chile
Dr. Aníbal Ariztía, 1444
Providencia
Santiago de Chile
Tel. (56 2) 384 30 00
Fax (56 2) 384 30 60

Colombia
Calle 80, 10-23
Bogotá
Tel. (57 1) 635 12 00
Fax (57 1) 236 93 82

Costa Rica
La Uruca
Del Edificio de Aviación Civil 200 m al Oeste
San José de Costa Rica
Tel. (506) 220 42 42 y 220 47 70
Fax (506) 220 13 20

Ecuador
Avda. Eloy Alfaro, 33-3470 y Avda. 6 de
Diciembre
Quito
Tel. (593 2) 244 66 56 y 244 21 54
Fax (593 2) 244 87 91

El Salvador
Siemens, 51
Zona Industrial Santa Elena
Antiguo Cuscatlan - La Libertad
Tel. (503) 2 505 89 y 2 289 89 20
Fax (503) 2 278 60 66

España
Torrelaguna, 60
28043 Madrid
Tel. (34 91) 744 90 60
Fax (34 91) 744 92 24

Estados Unidos
2105 N.W. 86th Avenue
Doral, F.L. 33122
Tel. (1 305) 591 95 22 y 591 22 32
Fax (1 305) 591 91 45

Guatemala
7ª Avda. 11-11
Zona 9
Guatemala C.A.
Tel. (502) 24 29 43 00
Fax (502) 24 29 43 43

Honduras
Colonia Tepeyac Contigua a Banco Cuscat-
lan
Boulevard Juan Pablo, frente al Templo
Adventista 7º Día, Casa 1626
Tegucigalpa
Tel. (504) 239 98 84

México
Avda. Universidad, 767
Colonia del Valle
03100 México D.F.
Tel. (52 5) 554 20 75 30
Fax (52 5) 556 01 10 67

Panamá
Avda. Juan Pablo II, nº15. Apartado Postal
863199, zona 7. Urbanización Industrial
La Locería - Ciudad de Panamá
Tel. (507) 260 09 45

Paraguay
Avda. Venezuela, 276,
entre Mariscal López y España
Asunción
Tel./fax (595 21) 213 294 y 214 983

Perú
Avda. Primavera 2160
Surco
Lima 33
Tel. (51 1) 313 4000
Fax. (51 1) 313 4001

Puerto Rico
Avda. Roosevelt, 1506
Guaynabo 00968
Puerto Rico
Tel. (1 787) 781 98 00
Fax (1 787) 782 61 49

República Dominicana
Juan Sánchez Ramírez, 9
Gazcue
Santo Domingo R.D.
Tel. (1809) 682 13 82 y 221 08 70
Fax (1809) 689 10 22

Uruguay
Constitución, 1889
11800 Montevideo
Tel. (598 2) 402 73 42 y 402 72 71
Fax (598 2) 401 51 86

Venezuela
Avda. Rómulo Gallegos
Edificio Zulia, 1º - Sector Monte Cristo
Boleita Norte
Caracas
Tel. (58 212) 235 30 33
Fax (58 212) 239 10 51

Federico Reyes Heroles

Ante los ojos de Desirée

ANTE LOS OJOS DE DESIRÉE
D. R. © Federico Reyes Heroles, 1983

ALFAGUARA

De esta edición:
    D. R. © Santillana Ediciones Generales, S.A. de C.V., 2008
    Av. Universidad 767, Col. del Valle
    México, 03100, D.F. Teléfono 5420 7530
    www.alfaguara.com.mx

Primera edición: junio de 2008

ISBN: 978-970-58-0477-9

D. R. © Cubierta: Carolina González Trejo

Impreso en México

A Beatriz,
por enseñarme a conjugar el presente.

*Andábamos sin buscarnos pero sabiendo que
andábamos para encontrarnos.*

J. CORTÁZAR

*Crecí en el mar y la pobreza me fue fastuosa;
luego perdí el mar y entonces todos los lujos
me parecieron grises: la miseria es
intolerable. Aguardo desde entonces.*

ALBERT CAMUS

I

1

El navegar en sensaciones que impregnan de amoríos extraños, de recuerdos turbios, sin saber cómo ni por qué, sin negaciones, me lleva allá. En tardes largas en ires y venires apasionados y tú que me respondes, que me cuestionas ¿ahora? ocultando tu figura, escapando en una aventura, entregándote en plena huida. Admito lo colosal y desbocado, lo desmedido e iracundo. Recuerdo aquella tarde, recuerdo muchas tardes largas que fueron cortas.

Nuestro juego juega y arranca, desprende. Desirée grandiosa de tardes lentas, de pies desnudos que se ocultan, que se asoman. Las seis treinta. En el periódico esperan, descubres la rodilla y se asoma la cintura, la sábana resbala. Tu desnudez sincera, tu figura limpia, tu piel trigueña y tu pregunta ¿te vas? provoca la respuesta que se niega en acto y pronto de nuevo me envuelves.

2

—Lo estuvieron esperando, dejaron el escrito.

—Tuve un contratiempo —¿cómo explicar? Ella lo intuye, de hecho creo que no lo condena.

—Francisco Ordóñez lo espera, ya tiene café.

El no tener sala de espera introduce a cualquiera a mi oficina, a mi escritorio. Por suerte tiene chapa. La puerta no se cierra, nunca se cierra a pesar de mi impulso.

—¿Contratiempos? —me mira—. Usted me introdujo a Aristóteles, tiempo y lugar; el lugar fue correcto, pero el tiempo...

—Olvídelo —soy duro, me molesta su gordura y el tono que imprime a su afirmación—. ¿Puedo confiar en que existe el documento, Ordóñez? —me preocupa la veracidad del artículo.

—¿Tiene miedo, Talbek?

—No.

—¿Seguro?

Pero yo vengo distraído, no respondo a tiempo, me molesta la esgrima verbal. Tomo el teléfono.

—Con el director, por favor. ¿Antonio?, ¿lo viste? —hasta por teléfono se delata su ebriedad, quizá por eso es valiente, nunca lo he conocido sobrio; pensándolo bien es más valiente que inteligente. Quizá todo esto sea producto de su ebriedad, quizá sólo ebrio se pueda ser así.

—Ahora se lo digo —¿por qué gritará por teléfono?—, se publica pero...

—Lo va a mutilar.

—No, se publica tal cual, pero no con su firma, le resta credibilidad, además...

—¿Qué? ¿Piensa que voy a permitirlo?

—Lo sabía, es usted vanidoso —de verdad lo pienso aunque después vaya a retractarme. El gordo de Ordóñez escribe aquí hace tiempo, tengo que tolerarlo y agrego—: ¿qué le interesa, la difusión de la noticia o ser quien lo dice? Como todo periodista es usted una acumulación de vanidades.

—Desgraciado. Es importante que alguien lo respalde.

—De acuerdo, yo lo firmo. ¿Qué opina?

Qué locura, tiene tan mal estilo; también soy vanidoso. Pero finalmente asiente con la cabeza. Se para, me mira, me odia...

—Señorita, dígale al director que Ordóñez aceptó.

Una y otra vez te dije, no recuerdo lo que respondiste. De blanco que llevabas blanco. Y bailamos, bailamos hasta el cansancio, verano al fin. Sudamos. La gran ciudad nos lo brindaba. El vestido era ligero, eso sí lo recuerdo, y tu cuerpo coqueteaba, siempre oculto, siempre visible. Me insinuabas, insinuabas, nos insinuábamos. La tarde parecía lejana y sin embargo era el mismo día, la noche del mismo día. Cuánto recordaríamos aquella tarde. Cuántos deseos de revivirla, re-vivirla, volverla a vivir. Después fuimos a las fuentes en el nuevo parque donde están los escritores. Nuestra tradición, nuestras tradiciones, las creamos y aquélla ya es nuestra. Habíamos bebido. Bebimos mucho. Tú, graciosa, artificial, porque de verdad que eres artificial, te quitaste los zapatos y te deslizaste en la fuente. El vestido era ligero, lo empapaste. Pediste mi entrada. Todo tan sofisticado que era natural. Recuerdo los pies mojados, recuerdo, Desirée, deseo. Homero nos observa, Víctor Hugo también. La cronología lo sitúa frente a Homero. Qué absurdo. Víctor Hugo ve a Homero en la mañana, lo ve de noche, se trata de una calzada que va y viene; a Víctor Hugo le corresponde frente a Homero. Nunca será una U perfecta. Después vendrán Chejov o Joyce.

La gente no sigue la ruta cronológica. Se palpa la destrucción de la cultura. Se puede principiar con franceses y terminar con los griegos; se puede zigzaguear. Algún intelectual lo criticará sin percatarse que las miradas domingueras de los niños ni remotamente se detienen en los bustos, sin percatarse que ellos miran su pelota, su globo y se pelean con el hermano. De hecho, la cultura aquí aparece como entretenimiento después del conocer. Latinoamericano siglo veinte, vestido sintético, paseo de domingo contra Víctor Hugo de 30 centímetros; fecha de nacimiento y frase tan elocuente y amplia que resulta vacía.

Desirée desea hacer el amor en la fuente; tengo frío. Lo pienso profundamente artificial pero me agrada. Después de Hegel todo es trascendencia y nos vemos reducidos a lo inconsciente. Por cinismo desbordas todo. Quizá de verdad es artificial, por sí mismo, por necesidad clasemediera, quizá Víctor Hugo fue artificial. No, no es posible. Quizá gozaba lo artificial. Pensándolo bien, muchos han trascendido con falta de honradez. En fin, deseas hacer el amor en la fuente. Objetivamente, nunca he podido hacer el amor en el agua. Sólo aquella vez en el río tropical, con calor. Te exhibías desnuda, ahora lo veo.

Te toco sabiendo el camino a casa como esperanza que de hecho destruye. Llegarás cubierta de mi ropa, tomarás un vaso de leche, se tratará de demostrar compenetración. Por supuesto no mencionar que ambos tenemos que levantarnos temprano; aquello destruiría la magia. La magia absurda. Pocos intuyen la cultura vital y, por supuesto, están en el eterno olvido. De verdad que tengo un sueño atroz, el alcohol me lastima.

¿Qué hablarían Homero y Víctor Hugo? Quizá de la pasión como salida; pasión que destruye pero alimenta, pasión que, racionalizada, porque todo lo ha de ser, se ahoga en un pantano de voces. Quizá siempre fuimos lo artificial, lo artificial suavizado. Pero tanto Homero como Víctor Hugo tuvieron frío y les impidió hacer el amor. Quizá la racionalización mediana destruye todo; racionalidad, clase media que destruye.

—¿Qué piensas? —me preguntas.

—Nada —respondo con ánimo de final que alienta—, ha sido un día muy agitado.

3

Los desayunos me destrozan y éste en especial resulta fastidioso. La pretensión, la pretensión acumulada de mis compañeros; pretensión omnicomprensiva que va desde un comentario sobre el cultivo de café, que nunca en su vida verán, hasta reflexiones retóricas con términos como la historia, el sistema, la praxis, etc. Me siento cansado, el día apenas comienza, debo hacer comentarios que suenen a conocimiento y experiencia. La línea editorial, si es que ella existe, se encuentra en mis manos; el comentario deberá ser inteligente, por lo menos oírse como tal.

—La maquinaria represiva del Estado parece rebasar el control que el mando político ejerce, piénsese en las Fuerzas Armadas —Gurría interrumpe.

—Son la misma cosa, todos son botas, tú te quedaste en el estado platónico, liberal cuando más.

Los zapatos aprietan, seguro tengo los pies hinchados y no sé si por acto reflejo cuando oigo lenguaje de partido me da sueño. Apoyo al partido como proyecto, creo en su utilidad al fin latinoamericana; pero sus miembros son por demás repetitivos, aburridos y más cuando beben. Ésa es quizá la única ventaja de los desayunos, que se necesita un gran descaro para beber a las ocho.

—¿No leíste el editorial de Gordoa? Él da los datos de la compra de armamento.

Los mismos artículos, manifestación de una profunda debilidad que demanda apoyo todos los días, todas las mañanas, al leer los diarios. El hecho es que siempre vamos de regreso a las palabras, escritas, en cátedra, en reuniones, en encuestas, en librerías. Palabras una y otra vez, palabras. Se repiten lugar, comida, tema, sensación de aburrimiento. Me tocan la espalda, susurran, me encuentro ante el teléfono. Cómo me daña el humo por la mañana.

—¿Luciano?

—Sí, ¿Antonio?

—Necesito verte urgentemente. Te espero en la casa, en la calle de Cedral, ¿ya has estado aquí?

—Sí, ahora mismo voy, es el 302.

—42 A, tienes memoria de gato.

Intento pagar la cuenta, nadie me para. Me despido, dos recomendaciones de libros que seguro no compraré, así que puedo olvidarlo, una broma idiota y por fin el adiós.

—Tengo que ver a Antonio urgentemente —tutear al director los destruye.

Me extraña la llamada, la hora y sobre todo el urgente en Antonio que no tiene idea del tiempo y menos en las mañanas. Calle de Cedral, departamento moderno, como la mayoría de los de nuestra ciudad, pero tiene letras y no cientos. Se llama Mariela, "la nueva", como la nombran en el periódico. Usa malas palabras, sumamente atractiva, un busto considerable y bien torneado, morena, pelo negro, frívola, irresponsable y muy coqueta. En aquella cena vestido rojo con abertura alta en las piernas y escote primaveral. Lucía el busto; sentada junto a mí comentaba:

—Los años que pasé en París —nuestra admiración por Occidente nunca cesa. No los alcanzaremos porque los seguimos por reflejo.

Puso su mano sobre mi pierna y de ahí en adelante lo mismo de siempre: la realización de nuestros sectores medios siempre es en el exterior. Su mano en mi pierna me inquietaba, los lugares comunes permitían una conversación aparentemente aceitada, Café de Flore, Sartre, París en invierno, París en otoño, los quesos y su mano, los vinos, la cultura francesa, de vez en vez algún precio: su mano de nuevo, la mirada furiosa de Desirée que sabe cuando me excito. Desirée que mira cómo miro. No pude evitarlo, volví a observar el busto. Confirmé que era precioso. Antonio tiene buen gusto. Se mantiene en la Beatrice del Dante, pensando que logrará una relación estable. Desirée se acercó, la miró fijamente. Tuve que pararme, dije:

—Mariela, te presento a Desirée.

—¿Tu esposa?

—Algo mejor —esa respuesta la tengo ya muy oída, pero funciona.

—Mucho gusto.

—Es un placer —qué falsedad de una y otra. La cena fría y desabrida: qué contraste con las delicias relatadas de París. Latinoamericanos, siempre imitando, tratamos de comer como en el Barrio Latino pero a siete mil kilómetros de distancia. Una cuadra más y habré llegado, el recuerdo del busto es bueno. Diré al portero que sólo estaré unos minutos. Le advierto que el embrague está desgastado, recuerdo: 42 A, aprieto el 4 en el ascensor.

4

—Mariela, buenos días —el camisón es medio transparente, ella sabía que vendría, falta luz.

—Luciano, qué gusto verte. ¿Cómo está tu esposa? Pasa, permíteme abrir las cortinas —qué descaro tan aparentemente necesario.

—Muy bien, gracias —ella sabe que no es mi esposa, está provocándome.

—Qué guapa, Mariela; no importa la hora —veamos qué sucede.

—Gracias pero creo que estás mintiendo.

—Nunca lo hago —las dos cosas son verdad: se ve atractiva y yo sólo miento socialmente.

—¿Quieres café?

—Con gusto.

—¿Conseguiste el ejemplar de *Le Monde*?

No recuerdo nada y su pronunciación es exageradamente afrancesada, cómo molesta la exageración.

—No, no pude conseguirlo, pero…

—Voy a buscarlo y te lo envío a la oficina, se trata de una excelente entrevista… —todo lo que uno no conoce es trascendental, vieja herramienta; sea película, pintor, bebida, lugar o novela siempre será "excelente", siempre desconocida.

Una voz interrumpe, es Antonio que respira preocupado.

—El mismo ministro del interior me ha llamado. El gabinete en pleno discutió el documento, se trataba de algo verdaderamente confidencial. Fue muy tosco, se oía molesto. Luciano, tú firmaste el artículo de Ordóñez, el ministro preguntó qué más pensábamos publicar. ¿Qué hay detrás de esos datos? Busca a Ordóñez, a las seis tenemos cita en el ministerio, tú tendrás que responder.

Arranco el automóvil, doy tiempo al embrague. Todavía estoy preocupado… al igual que Antonio.

5

Telefoneo en una esquina, llamada a Ordóñez, a su casa, a donde me dirijo. La vieja y céntrica colonia

donde vive, colonia que las antiguas familias descri-
ben en pasado, pasado que siempre nos aplasta. Casonas avejentadas que nosotros conocimos en este
estado porque a todo llegamos tarde. Viviendo de
tiempos que sentimos extraños, buscando a las ge-
neraciones que vivieron el país antes de que fuera industrial, que conocieron personajes o que crearon el
mito de los mismos. Los mitos defienden a las gene-
raciones, los mitos los creamos ante lo insulso de
nuestras vidas. Vida sin mitos sería autodestruirse.
Los buenos profesores nos antecedieron en párvulos
y en la Universidad. Los buenos restaurantes ya no
existen, ahora sólo son reflejo de lo que fueron. Somos generación de automóvil que tratamos de in-
corporar algún mito que nos permita transmutarnos.
Somos la generación que nada ha vivido. La trage-
dia de mirarse en el espejo y verse sin sucesos que
contar. Clasemedieros al fin que no tuvimos grandes
riquezas, ni grandes miserias, que nos buscamos en
la grandeza, que nos negamos al desconocernos como productos de lo medio en todo. Quien no tiene
drama lo inventa, la generación de los sin drama. El
país tiene drama. A diario hay drama; en el campe-
sino, en el obrero, en el típico citadino que nosotros
admiramos, el que concurre al centro, el que pasea
los domingos. Clasemedieros que inventamos emo-
ciones en películas que nos son ajenas porque las
producen pueblos en otros idiomas, con otros problemas; obras teatrales en bosques que no tenemos,
en lagos que nos ciegan, en nieves que jamás hemos
tocado, en parlamentos que nunca verán nuestra le-
gislación. Admiramos e imitamos produciendo en-
gendros abominables que después son rechazados.
Te busco y me busco, te niegas y me niegas, te trai-
cionas en tus raíces y arrancas las mías. Pero del exterior, del país con parlamento y nieves vienen los

que debieran ser nuestros dramas. Ésos no nos pertenecen porque viven en un tiempo que tampoco es nuestro; porque suceden en lugares ajenos, extraños; porque los defienden mitos que nacen en el pasado y jamás alcanzaremos; porque al proletario lo imaginamos de abrigo gris y no tomando cerveza en el trópico; porque vivimos en la ciudad y viejas casonas como las que ahora veo significan destiempo; porque en nuestro intento de identificación no se acepta ser mediano e incluso lo que debiera ser propio nos resulta prestado. Nos vemos como muñecos de trapo, llenos de remiendos auténticos, pero con un interior de paja que ocultamos. Desconocidos, al voltear la cara a nuestra propia entraña, salimos del consultorio con ella entre las manos a continuar nuestra negación constante, permanente. Porque lo que somos no lo queremos, porque lo que no somos lo deseamos, porque buscamos las casonas para vivir en ellas y nos introducimos tratando de vivir a destiempo. Mientras, el que fuera nuestro tiempo se va, sin tener escudo en nuestro ser mediano, sin ser nada más que eso, nada menos tampoco. Contemplando a Occidente con recelo y desconfianza y no como madre que nos desconoce. Toco el timbre, observo los cables maltratados que Ordóñez ha mantenido tal cual por considerarlos parte del lugar, porque quiere demostrar que su salario es bajo, porque quiere identificarse con los que verdaderamente no vieron nada malo en un cable exterior.

—¿Qué pasa, qué puede ser tan urgente? ¿No tuvo problemas con el timbre?

A mi relato el nerviosismo lo impregna. Un nuevo café que habré de beber, sus hijos que asisten a una remota escuela, su esposa que enmarca en su cara toda la desdicha del retorno citadino, porque populares pero…

—Buscamos lo mejor para ellos, el que no habla inglés es un cero a la izquierda —Ordóñez confundido relata vaguedades que me obligan a cercarlo.

—¿De dónde obtuvo usted el documento? Necesito conocerlo.

—Eso es imposible, le repito que nunca lo tuve entre mis manos, nunca lo leí.

—¿Pudo escribir sobre algo que nunca leyó usted?

De regreso al periódico para afirmar que se trató de un comentario hecho por un llamado consejero, de veintisiete años, que en estado de ebriedad soltó la lengua, picando una tecla que por lo visto compone toda una sonata muy delicada que suponen conocemos...

—Eres un irresponsable, Luciano —permanezco callado—, te das cuenta que pueden existir cargos. Te das cuenta que tendrás que justificar la obtención de ese informe. Tu cuello está de por medio.

Salgo, debería estar nervioso, quizá por cansancio no lo estoy y cierro la puerta. Mi oficina huele a limpio, subo los pies en el sillón. He suspendido todas las citas y permito que el sueño me domine.

6

Y entonces comprendí que yo era aunque tú no fueses, que sería aunque no quisieras, que la vida nos llevaba, con mi agrado, con tu indiferencia, riqueza de tu indiferencia que permite que esté presente. Comprendí también lo grato de lo oscuro que después resalta y Ordóñez se atravesó en el camino. Mi firma estaba. El único resguardo que tenía era Desirée que aparecía vaga, pero siempre presente. Y en mis constantes divagaciones entendí el estar a la deriva y también me dejé llevar. Por eso fui, porque de hecho era. Me di la vuelta y pensé de nuevo lo ingrato del quehacer cotidiano y algo que me arrojaba, yo lo permitía como si jamás hubiese pisado semejante suelo que ahora me sujeta. Belleza al fin de unas teclas que van y vienen, ires y venires deliciosos, de armonías extrañas y agradables. Melodía de piano que tanto añoro por rica, llena, por inconmensurable. De nuevo me di vuelta y estabas tú presente en no recuerdo bien qué actitud, pero sí la tela que fue suave, transparente, blanca, y estuviste de tarde y de noche, también por la mañana que me arroja de ti a un mundo angosto.

La presencia del regaño, la extraña respuesta que me confunde. ¿Qué hago que no controlo? Quizá no hago pues la vida por fin me lleva, me conduce. Yo observo, tengo calor y la corbata me molesta. De verdad, en tinieblas profundas con deseos de permanecer junto al piano que va y viene, contigo Desirée que te paseas y me guías. Te pregunto si avizoras los alcances de lo que quizá te lleve. Tú que me permites mis infantilerías, que soy infantil de repente, que te quiero cuando jugamos a leones y corderos de desnudez humana. Te tomo de los pies y ríes con mis caricias. Te abrigo, te gozo, e imitas al inteligente y lo haces bien. Te adoro, te escondes dentro del baño con el agua que nos cubre a ambos en figura única. Nos confunde en cuerpos al fin ansiosos de un ser desatado que juega y tengo calor de nuevo. Veo a Antonio, yo en un impulsar de oleaje, que me siente vivo, que me siento vivo, llámalo convicción. Tú que me preguntas quién fue y que fuiste pero no puedo dar paso atrás, no por lo dicho, sino porque es mío, porque descubro que lo es. En mi eterno cuestionar de nombres y esencias confundidas, en siniestra confesión, que sólo por mi actuar es poco frente a lo que viene, a lo que es. Tengo que ser una y mil veces yo cuando se abre la puerta. Desbocado, inundado, actuar insuficiente de pies hinchados que no se dicen a sí mismos; actuación perfecta.

—Señor —Desirée y el piano—, señor —que me incorporo y sin contestar camino al lavabo y me mojo. Pido café. Miro el reloj. Es tiempo de ir al ministerio y entonces comprendí que yo era y tú tendrías que ser.

7

La conversación fue breve, los grandes espejos nos miraban y los ridículos jarrones actuaron como testigos.

—La información era confidencial, sólo cuatro personas la tuvimos; usted es responsable de esa…

—Permítame recordarle que el documento llegó a mis manos, yo no produje su llegada, su importancia, que usted mejor que nadie comprende, sobre todo si se analiza el total del contenido…

—¿Se trata acaso de una amenaza?

—El documento y nuestra obligación profesional, señor.

—Ya esperaba yo ese argumento —continuó el ministro.

La despedida fue breve, los ojos palpitaban en uno y otro lado. Las manos sudorosas de Antonio, el café casi frío, los ceniceros repletos, la luz amarillenta del otoño de nuestra ciudad y un sentirme extraño a mí mismo.

—¿Cómo te atreviste a hablar de esa forma? Ni siquiera tienes el documento, no sabes qué contiene y afirmaste…

—Yo extendí mi firma, la preocupación del ministro me indica… —sentí a un Antonio miedoso y le invité a beber. No sé lo que hacía o lo sé demasiado bien. La tarde transcurrió en aquel extraño bar cercano al ministerio, y entonces miré con calma las luces en que fijé la vista, las lámparas destellantes que provocaron imágenes de claridad absoluta. De la nada hacía, mi querer convertía. El tiempo, demasiado lento, el tiempo mío, el tiempo que vuela, un ser no joven un ser no viejo, un ser sin historia, sin nada que guardar que no fuese el presente mismo. Ser yo. Una Desirée de senos perfectos y piernas morenas largas, que no es más que presente. Una Desirée que veré en la noche, con la que haré el amor, a la que veré riendo con sus ojos ingenuos, insinuantes con esa sabiduría del pianista que arroja notas con armonías perfectas, pero que sólo toca trozos de bellas canciones que me estremecen e irresponsablemente cambia de estilo. Su vida interior lo conduce, su volcán interno lo lleva a no conocer una faz que no sea el ser sí mismo. Termina la pieza, Antonio comenta, ya sin duda, de mi actitud por demás desbocada, pero la última canción no fue la última hasta que fue la última.

Caminamos por las aceras frías. Reíamos, reíamos de nosotros; del ser nada, del ser todo, y recordamos a Nietzsche. Creer para enfrente, y comentó de Mariela y me describió sus mutuos ratos. Yo callé pues Desirée no fingía. La pasión la llevaba, su infancia triste que destruyó cualquier posibilidad de ocultar, su irónica inteligencia. Yo admití mi locura por la mujer; admití aquello y todo y me destruí a mí mismo volviendo a nacer. Como los aborígenes de mi pueblo que se destruyen y nacen en un solo movimiento. Un ser de muerte, un destruir de creación, un viaje de regreso y aquella melodía. Nietzsche de nuevo, "la vida sin música sería un error". Descubrí un Antonio, débil como paloma, que admiraba lo que hacía pues admiraba la valentía y la quería para sí. Como dije, pues algo íntimo habría de decir, mi excitación por el cuadro de Desirée permanecía. Desirée desnuda y su muy bello cuerpo, su pelo castaño y mi pasión por los desnudos. Platiqué aquello de las fotografías que fueron mías pero siempre quise compartir y platiqué un poco más. Al destruirme creaba, lo acababa de descubrir. Él me habló de sus hijos y yo admití querer hijas. ¿Y tú?, no existes más porque yo existía y al destruirte me fui creando. Declaré que Dostoyevski me aburría y él admitió comprar revistas infantiles. Antonio fue Antonio.

Mariela abrió la puerta, yo lo sostenía. Tiró su bata y apareció desnuda, corrió. Antonio en el piso. Cuando llegué Desirée dormía y recordé los gritos de Antonio:

—Mírala, ¿no es primorosa?

Pero también recordé a Mariela y la fortuna de la pérdida de llaves, y guardé a Mariela aquella noche. Fue, admito y admití.

8

Martes 16. Mi firma respalda automáticamente un artículo en que se aseveran consecuencias graves en la utilización del crédito y orígenes oscuros cuyo entendimiento es inadmisible. Antonio jamás se atreve a insinuar algo y se comporta a la altura de su valentía alcohólica. La misma y única información pero manejada con seguridad de conocimiento absoluto. Se anunciaba la publicación de un artículo con término para el martes 23. Tenía la soga al cuello intuyendo una presa quizá inexistente.

Domingo 21. *Boletín oficial: Hoy a las doce treinta minutos dimitió el general Bonnetti al ministerio de guerra. El primer ministro agradeció al general su colaboración, lamentando el hecho provocado por una alteración en su salud. Inmediatamente tomó cargo de la cartera el general Cervantes, miembro reconocido de las fuerzas armadas.*

El martes 23 el artículo comentaba la renuncia del general, que gozaba de perfecta salud a sus cincuenta y ocho años y terminaba ironizando sobre los vínculos entre el crédito y el cambio en el ministerio. Antonio creyó, al igual que todos, mi conocimiento al respecto dada una entrevista imaginaria que le comenté una y otra vez. Todo era realidad siendo fantasía. Lo tenía entre las manos, sin saber qué era. Lo usaba sin conocerlo. Mi antesala se frecuentaba de viejos amigos que, ambiciosos, platicaban. A su vez publicaron, recalcando la importancia de la corrupción en ámbitos fuera de su incumbencia, etc. Aparecieron datos históricos sobre la modificación sociológica del cuerpo militar, se relataron sucesos por demás olvidados que tenían como figura central siempre a un militar. Todos esperaban un próximo artículo que yo jamás había anunciado pero que ellos parecían hacer necesario. La nota principal era mía y yo nunca la había tocado. Las noches se hicieron eternas y la información fluyó a mí. Sólo Desirée ríe. Enterada goza mis representaciones en casa con las frecuentes visitas.

—Me encuentro profundamente preocupado. Por desgracia se trata de cuestiones delicadas.

Por las noches, irresponsables, reproducíamos al infinito mi engaño. Veinte días habían sido suficientes para poner de relieve algo, mucho. Jugamos y por lo pronto habríamos de jugar…

9

Y ahora recuerdo aquellos tiempos en que de adolescente la conocí; los pisos cubiertos de hojas y las tardes lentas de apasionada atracción. Caminábamos por los jardines, ahora parques. Nos refugiamos en aquel solitario espacio que nos permitía sensación de libertad en pleno encierro. El sol salía y se ocultaba enmarcando nuestras pasiones que fueron de los gritos a las caricias, y todo pareció como si fuesen años que fueron meses. Heredera renegada de la burguesía, de pies finos y adolescencia exuberante. Tú que estuviste ahí lo recuerdas, cuando con la pelota me engañabas y yo, engañado fingido, te perseguía, te persigo, te acoso y tú lo permites. Una tarde extraña en que tendidos lo afrontamos y después, todo pareció de otro color. Aquella época la llevo y la llevaré. Ahora te observo, y admiro lo gigante de tus ojos ingenuos. Lo que debíamos tener lo tuvimos. Después habrá otras, cercanas a ti en ocasiones, lejanas cuando fueron mías. Tú estuviste ahí y no lo olvidarás, no olvidarás los pisos opacos. Hoy ríes con la misma facilidad que lloras, con la misma gracia que ensayaste el Kamasutra, con la misma facilidad con la que dormiste cuando pretendí explicarte no recuerdo qué, pero sí mi insistencia. Ríe, siempre ríe, búrlate que, inteligencia disfrazada de ingenuidad, no podrás cambiarlo. Ríe y llora, todo lo demás siempre lo has olvidado.

10

Antonio lo dijo preocupado, la nueva cita era a las seis treinta, el ministro había sido lacónico. Debía ir solo. Me detuve en aquel viejo restaurante, comedor tradicional de nuestra ciudad, el viejo me saluda. Me siento, ordeno la corrida y nuestro aguardiente. El mesero que ya viene, los vasos se lavan. La gente espera los platos de nuevo. El blanco con el negro, la vieja madera, los vidrios sucios y tomo, repito. Aquel de allá parece aguardar. Los meseros siempre ocultan, por lo menos eso creo desde que fui niño. Seriedad al servir, carcajada en el pasillo. El viejo saluda a todos; yo que pensé… en fin, otro trago y olvido ya lo que he pedido. Ver y ser vistos, burócratas enrielados en trabajo medio humano. Es mitad de semana, día de pago, dinero, carros se detienen, carros se van. Frente a la destrucción una vez más, por eso renazco, aquella ocasión lo hice destruyendo mi pasado. Una y otra vez, la fuerza del que nada tiene, del que nada guarda. El cocido se ha quedado, tomo ahora cerveza y sólo me siento que no me siento solo. Con Desirée tampoco guardo, nunca he guardado; guardar destruye. La recuerdo hoy, hacía su ejercicio cotidiano. Nunca dejará de ser coqueta, quizá esté con otro, no lo sé, nunca lo he sabido pero siempre lo supongo; ahí también me destruyo, nos destruimos. La cuenta. Pago. La puerta está abierta, salgo. El viejo se despide y yo sonrío, qué cómodo es fingir: él finge que me conoce yo finjo que creo que me conoce, de árabe tendrá algo, en fin, la invasión duró ocho siglos, eso cualquiera lo sabe, no es cultura sino dato. La acera está húmeda, he bebido. La antesala es corta, los mismos espejos, el buenas tardes, siéntese usted. Debí de haber meditado qué voy a decir. No, nunca se sabe qué va a suceder cuando se inicia una conversación. Es mejor no preparar nada.

—Gracias no, el habano me marea.

—Ah —dijo—, aquí llega el general Cervantes.

Cinco minutos de conversación absurda en espera del que entra.

—General, el señor Luciano Talbek.

En fin, sonrisas, el uniforme me impresiona, no lo había visualizado en mis noches de plática.

—Se podrá usted imaginar —rápido asiento, estoy ágil y debo mantenerme así. Otro sorbo al café—. ¿Qué se propone, Talbek? Fabricar armamentos es necesario dadas las actuales circunstancias. Que se trate de tanques ligeros de tipo urbano…

—Pero usted conoce el origen y también la finalidad de ese equipo, general.

—El presidente creó esa sociedad y aceptó la ayuda interna para no recurrir al exterior. El armamento es necesario, usted comprende las consecuencias del terrorismo.

—Disculpe —mi tono es severo, actúo—, los tanques no combaten secuestros ni atentados.

—No tenemos el control debido en las áreas urbanas, pero mi pregunta —insiste Cervantes— ha quedado sin contestar. ¿Qué pretende usted publicando sólo parcialidades de la información? —el ministro del interior escucha, lo cual me extraña; no defiende, no interviene como aquella vez.

—Se ve que desconoce usted mi profesión, general, soy periodista no un simple informador, es necesario que la opinión pública tome atención de este asunto.

—Señor Talbek, vine aquí a dialogar y espero llegar a un acuerdo.

—Señor general, yo vine aquí a escuchar y no creo en tales acuerdos.

El ministro por fin habla.

—Usted debe su departamento, fue miembro del Partido Comunista, no se encuentra casado, suponemos ingiere drogas, en fin, esta información también vale, sobre todo en manos de, por ejemplo, el periódico *La Nación* y de editorialistas como Peña y Peña que, además, aparecen en televisión y son muy vistos y leídos…

—Sería entonces un periodista contra el Presidente de la República y un par de ministros, vale decir, los dos alfiles y el rey por un peón, acepto.

Cervantes golpea la mesa, mi tono le irrita, estuve acertado. Me levanto, los miro, camino en dirección de la puerta, espero no haber tenido los ojos irritados.

—Buenas noches, señores.

Caras hostiles me siguen. Pasillos interminables y yo dudo. Qué hice, lo hice, no lo sé. Pienso en volver, pero aquí no estoy jugando y continúo, veo las blancas paredes del viejo edificio. Mi automóvil está por venir, espero y medito. Entrego más dinero del debido. Voy a casa, recojo las piernas. Me siento pequeño como mi auto, encorvo la espalda y miro. Desirée que me amamanta con su calor habitual y no me comunico con Antonio pues lo creo inútil. Tanto tiempo pariendo, recuerdo la escuela mientras leía a Marx y la conciencia de clase. Siempre me admiró pero, al fin pequeño burgués, había terminado por volverme un irónico sobre mi condición clasemediera. Ahora la conciencia, de nuevo el deber, o quizá un juego infantil. No lo sé ahora y nunca más. Sé algo y lo explotaré.

—Te quiero de verdad —la miro, no tengo deseos y me lo cuestiono. Estoy preocupado, están dispuestos a mucho. Te necesito, deseo trascender, mejor me destruyo una vez más; nacer y morir como conjunción inacabable. La política es así y no lo desconozco. Lo deseo, lo tomo, ya lo hice y tú también estuviste ahí y lo hiciste porque no existes, no te quieres existir, o quieres sólo eso, existir. De nuevo viene, me callo y escucho a Sibelius por demás grandioso y valiente, por eso lo escogí. Después Sor. Su brevedad y constancia. Desirée me sigue y tampoco se conserva porque al fin ¿quién lo quiere? Nuestra "ruta interior", Lawrence y el desierto; la lentitud de Stendhal, "las palabras groseras de la mañana", la grosería ahora. Entiendo por qué Byron lo hizo, hacerse y destruirse, Byron. Fue porque no era y ahora lo recuerdo, te lo comento, relaciones incestuosas y negación de la propia trayectoria, se trata de Byron. Sí, Byron destruido que nace una vez más y aquél se desliza por las teclas, al fin eléctrico, me estremece. El ritmo me sacude, me recuerda que todo hay que aprenderlo, desde ver hasta escuchar, y yo te pregunto ¿quizá también nacer? Nacer se conjuga en todas las personas, sin embargo, el yo nazco nunca lo escucho. Ahora lo hago, yo nazco; sería quizá yo me nazco y me corto el cordón, yo me nazco porque tú lo quieres. El tiempo de ser suyo o ser mío, de ajeno a propio. Los militares me parecen juego. Jugando de un lado al otro, Desirée aparece desnuda. Piensas que de verdad has gozado y eso ha sido el existir, el tema es claro. Sube y baja. Te naces como yo me he nacido como todos nos nacemos, con dolor, sofocados ante la primera bocanada, la oscuridad nos enciende en nuestro mutuo parto.

II

1

Todo ha sucedido sin que nada suceda; Antonio me mantiene el sueldo y yo terminé mis curaciones. Mi rostro, normal, se encuentra hoy en este bar donde solía venir antes de que ocurriese. El cristal humedecido por las lluvias de nuestra ciudad me obstaculiza y miro al que me atiende que no me da más conversación, seguramente cansado de oír mis necedades. Hago la señal con la mano y recuerdo que no debo recordar.

—Tu gran misión —me han dicho— es olvidar.

Las botellas en el espejo, de nuevo las botellas, mis zapatos húmedos. ¿Me veré acaso preocupado? No quedan cigarrillos.

—Por favor —muestro la marca, así no tendré que hablar. Ya lo ha entendido. Desde que tomo las pastillas me siento reposado todo el día. Las tomé hoy, las tomaré mañana, las tomaré toda mi vida; quiero sentir esa tranquilidad así sea impuesta. Mi único deseo es no regresar a casa, no lo soporto. Debí haber conseguido otro departamento así, según dijeron, hubiera catalizado el olvido. Es hora de irme. Lo tratan a uno como proceso químico, lo mismo de ayer, lo pago, al fin siempre me alcanza para lo que llamo mi terapia forzosa. Curiosamente ahora no me encuentro deprimido ni nada cercano; algo importante me ha sucedido y todos lo conocen, pero yo era de los que jamás me importó que me ocurriese algo importante. Mis zapatos están húmedos, mi auto en compostura, pudiera tomar un taxi pero no lo hago. Camino; la chapa sigue fallando. Curioso, duran más los defectos en las cosas que una vida. Como todas las noches, ocurre lo que tiene que ocurrir y que en el fondo deseo. Miro su retrato, queriendo llorar no lo hago.

2

Veo cómo la puerta se abre, la del dormitorio, y Desirée grita. Yo me incorporo e intento entender cuando me percato de que eran cuatro y que el de la izquierda camina hacia mí. Cuando menos lo pienso ya me ha golpeado, sensación que resulta extraña antes que dolorosa. Desirée corre, intenta llegar al cuarto de baño, yo siento la boca caliente y algo grito. Golpean a Desirée, ella cae. Se encuentra contra su nuca la mesa que se le va encima, la lámpara rueda sobre ella. Grito, otro golpe, otra vez, aire, estoy temblando. Una y todas las noches. Abro la mesa, la gemela, tomo otras pastillas y ahora lloro, no puedo hacer más. No pude hacer más. Esto fue incontenible como lo fue aquello. Me recuesto de nuevo; siento la sábana y me siento solo, muy solo y quiero olvidar, quiero jamás haberlo vivido. No lo retengo como real, no puede ser, no puede haber sido, ha sido; ya fue y no lo quiero. No lo quiero y ya fue. Lloro dentro de la angustia del despertar desesperado, por lo menos lloro. Lloro, siento la almohada y encojo las piernas; necesito calor y me siento solo, muy solo.

3

Te saludo y me ves a la cara y yo también te miro.

—¿Cómo vas? —y me tomas del hombro e intentas hacerme sentir que me tienes en cuenta y una sonrisa de pasión brota de tus labios, yo he hecho lo mismo. Te entiendo pero de nada sirve.

—¿Cuándo regresas al periódico? Se te extraña, de verdad lo digo —agradezco el comentario y pienso que no me hace falta. Me llevas a aquel céntrico restaurante que sabes me agrada, me invitas varias copas que yo acepto y ahora me platicas cuestiones que consideras me serán interesantes. Una vez más lo agradezco y pienso que nada me sacará. En pleno centro y en toda tu compañía me siento profundamente aislado; sé que tú haces lo posible como yo lo hago, como lo hice. Mañana comeré de nuevo con otro amigo que quiere demostrarme lo que de todas formas resulta inútil. No me preocupa el comer de mañana, porque sólo pienso en la noche y recuerdo su cara, recuerdo todo; no debo recordar. De ahí caminé al bosque, vi gentes de clase media que paseaban a su vez con un cono o con su pareja, o con un hijo del brazo, y miré los árboles. Me sentí pequeño; soledad que llevo dentro. Las risas de los niños con sus globos y el estanque que reflejaba un extraño atardecer, extraño como todo lo que ahora me sucede. Reflexioné en los últimos cuatro meses, desde que ocurrió lo que ocurrió. Pensé en todos los rostros que había yo visto y aquel que había dejado de ver. Me arrastré un rato más en un grado mayor de depresión del que normalmente llevaba. La firma de Ordóñez, lo absurdo de aparentar haber sabido y actuado como si supiera lo que de hecho nunca había sabido. Pensé en las consecuencias que jamás había imaginado porque, hijo al fin de las clases medias intelectuales, entendía la política desde el aula o como posición, pero jamás como un golpe. Aquellos que dormían por las noches y comentaban por el día lo que me había sucedido sentían miedo en su interior, pues yo era igual que todos hasta aquel día. Clases medias, lectoras y críticas, políticas, pero marginales, siempre marginales. La política nos permitía jugar en un amplio rango, pero yo, sin quererlo, lo había rebasado y el costo lo vivía ahora que me paseo por el bosque y no lloro porque no puedo. Lo que deseo es ir a la bañera pero no quiero ver la casa. Débil, siempre fui débil y no lo quise reconocer, por eso me fui al periódico. Escribir y comentar lo escrito siempre es sencillo. Sin querer era lo que jamás quise y los que quieren no son los que querrán siempre. Recuerdo el rostro de Cervantes, del ministro, de quienes después recibiría flores y llamadas. No puedo pensar en cómo lo ordenaron o qué perseguían. ¿Tan burdo? El ministro me telefonea —Talbek, por favor no haga deducciones— y de pronto lo creí pero todos me dicen que lo lógico es… Mil veces lo he oído, por eso la policía hizo, mejor dicho nada hizo. Pero, nada puede hacer, nadie puede hacer algo y recuerdo cómo bailamos y la fuente. Me sereno. Algo me deja inconforme pues ya pagué sin haber recibido. Mal cálculo, jamás he dejado ir trabajo sin cobrar; me quieren hacer perder sin cobrar. Una o dos notas aparecieron indicando lo sucedido al periodista Talbek, exagerando mi estado y aminorando mi real pérdida. Al final de cuentas procedieron con conciencia burguesa. Ella jamás fue mi esposa, sí lo hubiera sido, pero no era "la señora". He caminado, la chapa aún falla y vuelvo a pensar que más duran las cosas descompuestas que las personas. Admito que me he vuelto supersticioso y creo que de haber compuesto la chapa… En fin, absurdo como todo. Escucho música como solía hacerlo. Por primera vez siento estar sudando, sudo, sudo lo indecible, me empapo en sudor.

4

Conferencia *El yo revolucionario en Hegel*. Suspendo la comida y pienso ir solo donde crecí, donde la amé, donde mis padres me vieron crecer, donde vi a mis padres alejarse de mi forma de andar. Repito la plazoleta con la vieja iglesia y la mañana es triste, gris. Saqué mi mejor gabardina y me siento en aquella fuente que no he visto funcionar. Por fin la miro con una sonrisa. Veo el reloj nervioso cuando no tengo nada que hacer. Por la mañana hablaba de la fuerza transformadora que se da de Hegel a Marx y hoy repito un lugar que me conserva y que deseo conservar. Como siempre estudiantes de pintura la dibujan, la iglesia con árboles, la iglesia en acuarela, a carboncillo, la iglesia de mil formas, y sin pretender me detengo como si me interesase lo que me es extraño y ajeno. Al llegar ellos me interrumpieron, pero siempre han estado. Hoy no me palpo roto. Suspendí la comida porque deseaba estar conmigo mismo y no hablar más de lo que realmente no quiero hablar. El que me tiene que oír está aquí. Las lluvias siempre me han agradado. Miro la cruz que negué y pienso que Ordóñez es religioso aunque lo oculte. En su casa observé una imagen con luz de vela. El tiempo no me agota y mis treinta y siete los vivo y he vivido. Hace unos meses me creía joven y con ánimo de volcar todo de cabeza. Ahora, lo cuestiono. Mis padres muertos, parientes con los que jamás me entendí. Si tan sólo hubiésemos arrojado un hijo, alguien a quien pudiera yo hablarle. Alguien que me escuchase. Aparece la voz de mi padre, días antes de morir, cuando me sugirió tener un hijo: "las parejas se vuelven egoístas pensando sólo en sí mismas". Los hijos como producto generoso que combate el natural egoísmo que yo defendía por creer que la familia castraba el desarrollo individual. Sartre y Beauvoir fueron mi ejemplo. Pero ya no es tiempo de pensar en procrear, una vez más es absurdo. Es cierto que la quise, que mucho más la quiero, que ahora distinta la veo. Ella tampoco lo deseaba. Nunca se lo expuse como mi padre me lo dijo y creo que en el fondo me convenció; en fin, yo camino y veo la cruz de nuevo, me detengo y creo que sonrío.

5

Los bares, cantinas, mis nocturnos refugios, los visito cada vez menos. Lo que pasa es que el tiempo pasa y como todo con tiempo se olvida, e incluso Desirée empieza a borrarse. Fracasé en las ocasiones en que traté de sustituirla; de hecho eso me llevó a vender el departamento, repetirlo en el mismo lugar pero con otra era demasiado. Aquélla a la que tantos deseos manifesté, después de un largo coqueteo decidí dejarla. No volverlo a intentar en el mismo lugar. Y las mañanas las completo con mi ejercicio, en el cual no creo pero ya es rutina. El decorar el nuevo lugar me divierte. Frente al parque, en esta vieja colonia que fue de auge cuando logramos industrializarnos. Ahora, de nuevo en auge por los sectores medios que encuentran las casitas francesas lo más europeo de toda la ciudad. En realidad es céntrica, tranquila y sobre todo, barata. Aquí me encuentro y doy un sorbo al whiskey que me aburre pero lo tomo y espero el timbrar de aquella que me atrae. Es rubia y muy distinta de Desirée, con más busto, el pelo esponjado pero más que nada esa ingenuidad que le permite ignorar auténticamente, así no necesito explicar. Todavía no lo hacemos pero creo que en cualquier momento se dará. Odio que la gente critique mi nuevo papel del adolescente conquistador, sin embargo, en el fondo me agrada enormemente. Me siento más regocijado por su encantamiento pueril que por llevarla a la cama. Freud me enseñó que la única manera de hacerlo sin problemas es no pensando todo lo que implica. Con Desirée fue diferente pues ella se encontraba más allá de todo. Jugaba, reía conmigo y de mí. Se portaba como puta cuando debía o me hacía sentir trascendencia amorosa si me encontraba deprimido. Siempre lo dijo, "hacer el amor es un acto histriónico, el mejor actor satisface pero termina agotado". Hasta hacer el amor requería de un esfuerzo inconmensurable para realizarlo con éxito. Lo mismo una cena que escribir un artículo, que todo. Todo con gracia, si se tienen las fuerzas para hacerlo. Ahora espero no tener que realizar un gran esfuerzo con Gabia. El departamento se mira bien, los tapetes le dan sabor y hasta parece lleno de vida cuando surgió de la muerte. Esta música suena apropiada y aquí me tienes de nuevo con citas quinceañeras, después de once años de amasiato. Escogí una joven de veinticinco pues los complejos y exigencias de las de mi edad la verdad me cansan. Prepárate otro whiskey antes de que llegue, así tendrás un mayor rendimiento por copa. Regresaré al periódico, de eso ni duda, pero ya no a la dirección editorial, prefiero este eterno mecenazgo pero un poco más justificado. Digamos continuar con la investigación sobre los militares. Demostraría valor, que me importa un bledo, pero como prestigio puede redituarme buenos sueldos. En ese momento se usaría el a pesar: "a pesar de lo que le sucedió continúa…", qué cínico me he vuelto. En mis entrañas algo me preocupa y son los cuerpos paramilitares. La violencia es creciente. Contra todo lo que digan reprimir se ha vuelto más fácil, como aquella noche, mejor otro sorbo, el timbrar.

—Es el cuarto piso, sube mejor por las escaleras, el ascensor no trabaja.

Lo primero que hago es besarte con un espíritu donjuanesco que jamás me ha caracterizado. Desirée y sus actos histriónicos, me llevas muy lejos, porque quieres demostrarme que no te hieren las críticas sociales, que lo haces y que por mí haces todo a la vez. Y a mí me gusta. Sirvo queso que nos lleva a decidir no salir a cenar y permaneces conmigo. Una botella de tinto ameniza. Tú pretendes conquistarme. Yo, sólo salir avante, olvidar. Eres presente creado para mi olvido, un olvido de lo pasado. Mientras, pienso que mañana buscaré a Antonio y reiniciaré, mejor dicho, iniciaré de verdad el asunto de los militares. Que los muebles no me recuerden lo que quiero olvidar, que el estar aquí sea lo suficientemente fuerte para estar.

6

Ordóñez se incomoda, mira la mesa de junto. La situación parece molestarlo, se asemeja a un perro regañado. Yo continúo con preguntas al tal Dico.

—Usted dio la información a Ordóñez, usted fue el del impulso inicial…

—Pero yo…, simplemente, fueron comentarios que se hicieron en la reunión con el presidente. Yo soy consejero nada más.

—Eso es mentira, jamás se discutió con el presidente —mi tono es fuerte pero lo necesito.

—Este asunto preocupa a los militares, no al cuadro civil, por ahora…

—De acuerdo. Fue el coronel Sepúlveda, él conocía la información y quería que fuera publicada, pero yo no me atrevería a pedirle…

—Oiga esto, Dico, de no hacerlo yo diré quiénes fueron los informantes. Lo gritaré en la columna.

—¡Es usted un enfermo, Talbek!

—Sí, lo soy y estoy dispuesto a seguir con mi enfermedad.

Está totalmente confundido y nervioso, mejor me levanto antes de que invoque cualquier otra cosa. ¿Qué hará Ordóñez? Se queda sentado.

—Una semana tiene usted, señor Dico; siete días.

El auto lo detuve a la derecha. Quedó algo retirado, esta zona comercial siempre trató de ser lo que no era. Híbrido como todo lo nuestro, tengo que admitir que reúne un ambiente de frivolidad que no me molesta. Siempre critiqué los grandes aparadores pero he llegado a la conclusión de que es mejor admirarlos que criticarlos. Mañana amanecerán ahí y la gente irá a las tiendas y comprará. La tarde es bella. Estas comidas de tres horas me destruyen. Increíble que con amenazas pueda uno conseguir cualquier cosa. La llamada, ahora que lo veo, fue breve pero eficaz. Lo único que dije fue: te espero, quiero verte, te encuentro a las cinco treinta… ¿Por qué no tomarlo con tranquilidad? Un café en aquella esquina. En una hora más la tendré aquí y empezará todo de nuevo. Yo que jamás fui porque quizá no lo sea, en fin, parece que la vida me llevó a donde no quería llegar y soy frío cuando tú me demandas que lo sea, me reprimes, me muestras lo absurdo del ser tranquilo y apacible. Me has matado, liquidado; aunque de pronto intente yo mostrarme como lo que fui, pues ahora ya sé quién es quién. Sí, lo fuiste o lo soy. Sí, lo que fui ya no lo soy; lo seré si nunca más vuelvo a mi ser como era, que me conozco o por lo menos eso creo. Todo por una estúpida firma que me lleva a donde no quise y creo que estoy llegando. Devengo y tú devienes también. De-venimos, de-venir ¿de dónde? Como te dije en ocasiones te desconozco, me desconoces. Me miro cuando dejas de observarme. Siento que ya no eres lo que querías y serás lo que jamás sentiste. Serás lo que negaste como ser y recuerdo a Chesterton, vivir por las verdades de hoy y estar dispuesto a calificarlas de mentiras mañana. Ayer es Desirée y el hoy, tengo que pensarlo. Quizá Gabia y qué bueno que sea, porque es y eso importa. Contra ti, contra todo lo que significas en tanto que corriste por jardines y besaste a una virgen. Pudiste ser independiente, trabajaste, porque hasta eso se les facilita a las clases medias descendentes que intentan la reproducción del antiguo esquema, cuando sólo serán sacrificio necesario de lo que por venidero es fuerza, más que afirmación. Sectores asalariados, de servicios y ahora vives en un modesto hogar, pero invocas como todos haber estado en Europa y haber vivido lo indecible. Indecible, pues fue querer negarte como lo que eres y necesitas ser plenamente. Te burlas de todos por ser tú mismo. Te hieres; tampoco puedes negarte en la realidad como lo que socialmente representas. Lo mejor pudiera ser que lo controles, que te controles. En ocasiones te palpo desadaptado y me pregunto si no todos lo serán. Tu única virtud es el no tener compromisos y mantenerte en la irresponsabilidad metódica y como método. Tú, Luciano Talbek, un desadaptado como todos pero, sin compromisos. Huxley lo decía cuando habló de entender la libertad, dentro de toda su castración, como un ponerse límites. No casarse, no tener hijos, que yo sé que deseas. Yo te digo que fue lo mejor que pude haber hecho y creo que dentro de mi desquiciamiento te guardo respeto, te acepto.

—Siéntate, qué linda vienes —y te doy otro beso de cariño que en realidad no siento pero te hago creerlo consistente. Luces tus veinticinco, yo lo destaco. La plenitud del sin cansancio. Realmente me atraes y por ahora no sé mucho más, nunca lo he sabido. Observo la blusa que portas y tu precioso busto que hace poco acaricié. Lo miro, juego contigo y juego de nuevo, como hace tiempo no lo hacía. Tú entras con inocencia pero pretendes astucia. Lo pretendes bien y juegas, quizá por primera vez. Me dices como todos me dicen: Luciano Talbek. Yo a mi vez pretendo ingenuidad y una vez más te coqueteo recibiendo respuesta. Me doy cuenta que la llevo y que jamás la perderé, que jamás podré desterrarla de mí, que la puedo dar porque la engendro; una y otra vez juego… Creo que por primera vez te respeto, me respetas y me pregunto lo que en realidad queremos, pues nunca lo has sabido, nunca lo has respondido pero siempre me lo he, nos lo hemos preguntado. Dime, dilo a ti mismo, no lo que eres pues eres nada. Dilo, qué quisiste o quieres ser. Me sentiré avergonzado y te arrojaré a la cara un río de sentimientos que también comparto, pero que no me has permitido mostrar. Es la única vida que conozco y no es mía; sé mío o mía. Me empiezo a agotar de nosotros, agotado de mí y de ti. Te pido que seas, que seamos y que no te temas, que continúes el juego, que es lo único que conoces. Volteas, me miras, yo callo pues, distante y cercano, te contemplo. Siento la corriente de tu río y trato de resistirme pero me arrolla y doy vueltas, giro y giraré un enorme momento.

Y sólo te tengo a ti en este tiempo, sólo te tengo ¡Gabia! que apareces y desapareces porque, en ocasiones, quiero que seas real. Te contemplo desnuda, deseosa, pero para amar se necesita inteligencia y actuación. Emprendimos el acto, ahora no puedes retractarte porque de hecho ya amanece. Caminas, entre semana, desnuda en mi habitación y oímos música que fue desde Sibelius a la electrónica. Mostramos nuestra hibridez tal y como la vivimos. Mestizaje al fin, no tenemos más que reconocernos como mezcla. Siento viejos sentimientos y odio la pretensión de pureza o inteligencia deslindada de esto, que para ello vivo. Repito el Segundo de Sibelius y te hago notar su fuerza escondida, el maravilloso juego de metales. El sueño y el vino me duermen cuando oigo el agua caer y alcanzo a distinguir la luz del cuarto de baño. Miro hacia el otro lado, después de voltear la cara. La luz tenue de un amanecer confuso y entero, de un amanecer que hacía tiempo no tenía.

7

Nunca sabré por qué lo hice. Tuvimos una cita más, me entregó un sobre cerrado. Con ojos húmedos el muchachito Dico se levantó en un desplante de valentía, mostrándome su pequeñez airosamente. Se trataba de la punta de un iceberg: documentos de contratación de compra de armamentos de alto poder firmados por el propio presidente. Nuevas cifras sobre el presupuesto militar; el ministerio de guerra presentaba un reporte de las actividades subversivas como forma de argumentación de sus necesidades. Mostraba al Partido Comunista como eterno y permanente agitador. Se componía de más de treinta y cinco expedientes cuyas copias sujetaba yo entre mis manos después de una breve ojeada. Camino a casa

el peso de las ciento veinte hojas me hizo represen-
tar el peso periodístico de la información que con-
tenía. ¿Tendría yo las agallas para un reportaje de
primera línea? ¿Conservaría Antonio su embriaguez
de valentía? Conozco la visión del periódico como
moderada de izquierda, comentarios críticos sobre
la condición y actuación gubernamentales, con una
amplia sección cultural, de espectáculos y demás re-
querimientos de los nuevos sectores medios e intelectuales, pero mi pregunta era si *El Frente* realmente
era un periódico y si yo era realmente un periodista.
Lo demás lo comprendía. ¿Teníamos la fuerza de me-
ternos en un embrollo como éste?

En casa, después de breve meditación, decidí
que no habría de comentarlo con nadie y simplemente publicar en forma lenta la información, misma que llevaba a corroborar corrupción entre el
ejecutivo federal y la naciente industria militar pri-
vada. Documentos que demuestran la vulnerabili-
dad del jefe del ejecutivo, quien desde sus entrañas
perspira cristianismo. Nada nuevo en teoría, pero sí
contundente en tanto que su partido se presenta como centro izquierda pretendiendo la conciliación
grupal. Contundente en tanto que, por extraña fortuna, como diría Maquiavelo, los documentos están
en mis manos, y sin conocer nada del cuerpo militar me veo ante la necesidad de iniciar una verdadera investigación.

Me contemplo lejano y lento. Después de lo
ocurrido cualquiera hubiera desbordado energía, rebeldía, y yo apenas inicio algo así como un intento
de venganza periodística. Me siento también alguien
incapaz de ser y comienzo la lectura, una lectura de
ti, de nosotros.

8

Los días transcurren llenos de máquinas de escribir, papel, libros, entrevistas; ahora tomo más café, he tomado mucho y más habré de tomar. *La represión como posibilidad para nuestro país*. Los artículos aparecen semanalmente en martes, comenzando con la historia de nuestro heroico ejército desde hace más de cien años. De hecho publico resúmenes de mis lecturas, artículos repletos que en extraña transparencia dejan percibir mis deseos por mostrar un ejército diferente. No puedo mencionar la información directamente, de ahí que deba parecer como resultado de mis investigaciones. Mi lenguaje se ha cargado de términos marxistas, lo cual en el fondo me molesta, pero no puedo evitar. Al hablar de represión brota en mi interior un extraño estremecimiento que ni siquiera en la época de estudiante radical, miembro de la Unión Comunista Activa llegué a sentir. Ahora represión deja de ser un término vacío, hueco, para convertirse en un olor a miedo, en un nido de recuerdos y mejor regreso al tecleo de mi máquina que lo mismo me sucede con miseria, con inflación e infinidad de conceptos. Posición política no es más un fantasma sino un hecho concreto que demanda estar consciente de un determinado acontecer. Vuelvo a mi cátedra universitaria en la que brinco de Dilthey y Sombart al ejército nacional y su evolución política. Todos necesitamos satisfacer nuestra vanidad y los alumnos son la presa perfecta.

Las pláticas con mis amigos me aburren profundamente, pues se repiten estereotipos infrahumanos, jamás vividos y menos reflexionados que, en rápido silogismo, los lleva a "la salida es…", "La solución se encuentra…" y por supuesto aquello de "las clases sociales son las clases sociales" o, aún más irritante, "Marx tenía razón…" Me exaspera la fácil evasión en la que comúnmente caen. Me veo retratado en su extraño cinismo cubierto de irresponsabilidad. Intelectual parece ser trabajar con libros y no pensar en demasía; intelectual es cobrar y criticar en *El Frente* sin jamás haber conocido un mercado popular; intelectual es manejar auto, económico de preferencia, por aquello del combustible, vivir en piso folclórico y oír música "nuestra" que en realidad resulta más ajena que la importada; intelectuales que comentan el último libro que me aburre y finjo que me entretiene. La crítica como pan de desayuno con leche caliente y café, que sin ser una comida, oculta. Me extraña el haber podido llevar migas con ellos y, sin embargo, así fue, lo fui y esperaba dejar de serlo. En alguna época los critiqué ferozmente y me di cuenta de mi gran debilidad. Los criticaba porque temía ser igual pero, ahora, los contemplo con distancia, como clases medias radicalizadas que cumplen una pequeña función en la sociedad, pues llenan los teatros y auditorios corrigiendo las interpretaciones de refinados cuartetos sin saber siquiera cuánto pesa un contrabajo. Cumplen una función en tanto que invaden de comentarios la radio, la televisión, los periódicos, y ellos suenan inteligentes y todos pensamos que la cultura está en buenas manos pero en realidad son limitados en su ser y en su hacer. Su función se extiende al colmar los consultorios de la nueva generación de sicoanalistas a los cuales les van a demostrar su capacidad interpretativa. Jamás casa propia, pero, eso sí, *París una vez al año*. Ser propietario no está de moda, así existan diferencias tremendas en el consumo. Las parejas son seleccionadas por *curriculum vitae* sin importar castidad, pues se buscan *mujeres maduras* que normalmente racionalizan tanto el proceso de procreación y educación que se convierten en pésimas amas de casa y peores madres. Descendientes de burgueses que se niegan y desaparecen; ambiciosos salvadores que jamás comieron en el campo de no ser por sus *pic-nics*. Hermosas doncellas que se acuestan con todo mundo, pues lo que quieren es vivir. Es la búsqueda intensa de vivencias que los vuelve aburridos. La sociedad industrial tiene muchas ventajas, pero una de sus mayores producciones es la mediocridad. No se trata de pensadores como en el diecinueve, no se trata de Lou Salomés, sino de niñitas frígidas que buscan el calor pero jamás posarían en un desnudo. La burguesía y sus degeneraciones, entre las cuales me incluyo, llevan el estigma del miedo canceroso; miedo al cambio, miedo al dejar de ser lo que somos después de haber dejado de ser lo que jamás pudimos ser realmente. Burguesías pequeñas intelectualizadas que atiborran las librerías comprando libros de psicología para saber cómo amamantar a un hijo o entender las manifestaciones contemporáneas de Edipo. Invocaciones inacabables del drama griego, del de Brecht, y hasta del de Proust, del que nos separa un siglo. Cumplen su función al percatarse de aquello que no tiene importancia, que tampoco tiene ninguna trascendencia, pero no deja de ser interesante. Su función quizá radique en eso: ser inútiles. Recuerdo mi primer artículo periodístico. Todos los comentarios principiaban siempre con "Lástima que..." o "hubiera mejorado si...", siempre agregando lo inagregable o sumando lo inexistente o destacando lo insulso. De ahí que Desirée me llamara tanto, pues se reía de todos, incluso de mí. Me acuesto ahora con otras; he llegado al cinismo de seleccionar guapas esposas para demostrar que, con tal de vivir diez minutos de algo que pudiera ser novelesco o de película, son capaces de traicionar su único sostén real.

Me acuesto con ellas pero me aburren, he perdido toda moralidad, a excepción hecha de Mariela, con quien pude haberme acostado pero no lo hice porque de tan puta la respeto. Antonio lo sabe y lo que más le extraña es que yo la respete como su… puta. Pero las otras que desean conocer y acariciar al viudo que nunca se casó y que me buscan en mi casa para brindarme un libro que jamás leeré y pretenden ser coquetas pero respetuosas, a ésas, por falsas me las llevo a la cama y les hago creer que viven, cuando en realidad están impedidas para hacerlo porque su cerebro trata de retener tanto, que olvidan lo fundamental. Nunca seas lo que no eres. Carcajadas inundaron el cuarto el día en que una de ellas me mencionó el nombre de su analista con quien "lo había platicado" y por segunda vez en menos de un mes me sucedía lo mismo con el mismo nombre. El individuo debe creerme un Casanova o algo similar y, aparte, un especialista en poner los cuernos a mis amigos. Lo único que hice fue esperar que tuviese algún tipo de integridad profesional que le impidiese hacer más menciones del asunto. Pero eilos eran mis lectores y comentaban la seriedad de mi estudio sobre los militares. Por lo pronto a Desirée la admiro cada vez más por aquella frescura que ahora veía claramente. En ocasiones, por las noches, pienso en lo mucho que hubiera reído de mis nuevas aventuras. Yo conservaba la imagen del pensador decimonónico que, al fin y al cabo, reconoce su posición acomodada y se dedica a pensar en una instancia de verdadera trascendencia sobrellevando cualquier crítica. Para pensar hay que tener con qué comer y no avergonzarse de ello. Eso hizo Hegel. En alguna carta a Hölderlin, que recuerdo haber leído, le declaraba tener veintiocho años y ningún problema económico dadas las propiedades que acababa de heredar.

Curiosamente hasta para heredar hay que saber hacerlo y demanda altura y calidad. A Desirée se lo comenté por las noches y reíamos juntos de las imbecilidades de nuestros racionalistas compañeros y tú me recriminabas y jamás te presté un hilo de atención. Mis manos se llenan de la nicotina de los frecuentes cigarros que ahora enciendo y mi ánimo se recupera al saberme distinto y termino afirmando: "las clases sociales existen".

9

Para agosto tuve que admitir que no podía seguir relatando la parte histórica. Las lluvias de nuestro verano me hicieron recordar. Así, el tercer martes del mes, apareció en *El Frente* "¿Hacia un nuevo ejército?" En él retomaba, sin dar mayor información, algunas de las cuestiones manejadas antes de aquello. Fue agosto, un incoloro agosto.

Todo se iniciaba cuando había acabado. Nada quedaba y de ahí que comenzara. Muchas mujeres en plena soledad, muchos amigos en la total incomprensión. Lecturas y libros apiñados y no saber qué afirmar; un agosto extraño, de lluvias, una Gabia que no ríe más y a la cual vuelvo a frecuentar, pues su ingenuidad de molestarme pasa a agradarme. Una Gabia que afirma quererme y ahora estudia letras clásicas para poder "hablar contigo", una Gabia a la que estimo y miro más allá de sus preciosos senos y espigadas piernas, calzoncillo delgado y piel siempre suave, más incluso que la de Desirée. Quizá la edad o quizá mi imagen de lo ido. Desirée siempre tuvo problemas con la piel y jamás con sus ovarios. Gabia es distinta; de niña aburrida de mirada serena y respetuosa, sumisa y callada, a mujer que hace preguntas que en ocasiones me incomodan. De tonta no carga un trapo y de niña le queda lo que a mí de creyente cristiano. No se estremece más al ver la fotografía de Desirée que hube de recuperar de una desvencijada caja. La mira, la observa y piensa que no es ella y nunca lo será. Es ella misma y habla de vivir juntos sin casarnos y yo le respondo que se sufre. Los militares se entremeten de nuevo en mi vida, habré de decidir con qué continuar. Hacer historia de lo que no lo es o relatar un presente que guardo en ese expediente que ahora miro. Antonio no ha hecho más que felicitarme e insistir en que mi estilo ha mejorado considerablemente, lo estimo y me ayuda con sus comentarios siempre vehementes y optimistas. Mariela me trata ahora distante pero cariñosa y he llegado a besarla con verdadero afecto sin dejar de percatarme de su repleta figura. Gabia ya existe, lo debo admitir, y a veces corro a ella tratando de disimular cualquier ansiedad. La tomo y me mira entre sus brazos, me abraza, inclina su cabeza y la veo de lleno en sus ojos siempre tranquilos y esperanzados, tristes y sabios. Me desconcierta, es menor, es mayor, sabe de mis infidelidades, de mi cariño, sabe de mi cinismo y de mi seriedad, sabe de mi fuerza y de mi debilidad, sabe de mi fortaleza al verme llorar. Cuando llego a casa ha entrado con su propia llave y me abraza cual si colgara, cuando en realidad me sostiene. La miro en sus claros ojos y siento cariño y me molesta pero lo admito.

Hoy es uno de esos extraños días en que uno desearía haber logrado algo que de entrada no podía ser logrado. Propuse a Gabia salir de la ciudad hacia el puerto. No fue sino hasta que viajábamos en el taxi y que la brisa penetraba por el espacio del cristal entreabierto; no fue sino hasta que nos miramos sonrientes, al ver la extraña bañera de que disponía nuestra habitación y que la misma temperatura o el contacto con la vestimenta ligera lo provocó. Fuimos a aquel restaurante y no me sentí extraño; lo gozo, la gozo. Portaba una blusa por demás indiscreta y un tanto transparente, tan fue así que en mi primera reacción hube de negarla. Me excitaba sobremanera que la niña se exhibiera, lo hacía y no era más una niña. Juega bailando tranquila, o mirándome sonriente con su pelo suelto y cargado de lado. Me mira, sonríe y amanecemos bebiendo, jugando por los pasillos airados de aquel pretencioso hotel hasta que, ruborizada, en el pasillo que lleva al cuarto, jala de la cinta que detiene su blusa y enseña sus senos y corre. Tirados en el piso de la habitación, cansados, bebidos, estamos y lo hicimos hasta que el sudor parece ser uno y un "te adoro" y contesto sin pensar "y yo a ti como a nadie". Después vi una lágrima en sus ojos húmedos, sentí un abrazo que me dijo todo. Comprendí que destruía para crearme, que la quería. Todo tomó otro color y me percaté de mi edad y de mi eterna soledad que tanto cuidaba, de la viudez que porto y de lo que la compañía supone. De no ser por ella me veía solo; dormí extrañado, dormí en un súbito despertar que lleva pariéndose un buen tiempo. El lunes siguiente Gabia traía sus libros al piso y yo le depositaba en el banco una cantidad para los gastos. Fijamos hora para la cena. Camino al trabajo me miro al espejo y no dudo. La vida se compone de minutos, a veces de días, meses: un periodo nace cuando otro acaba y queriéndolo retener sé que debo dejarlo ir y me vuelvo al espejo y te miro.

III

1

"…es por esto que preguntamos. ¿Cuál pudo ser la justificación para autorizar compras de tanques ligeros, ametralladoras israelíes y suecas de gran calibre y rapidez?, ¿quién pudo aprobar 360 millones de dólares a gastar en año y medio y 400 más vía crédito a pagar en los próximos treinta meses?, ¿está acaso el legislativo federal enterado de esta situación en su calidad de revisor del gasto público?, ¿puede el jefe del ejecutivo ignorar lo anterior?". Antonio demostró sus tamaños y publicó el artículo sin intentar hacerme alguna modificación. Nadie más en el periódico se atrevió a realizar comentario cualquiera. El martes cuatro de septiembre apareció en la página acostumbrada y bajo el título *Una vez más, preguntamos.*

Transcurrían los días y las noches y nada sucedía. No tenía pensado ningún artículo más, pues carecía de base jurídica para poder afirmar la corrupción del jefe del ejecutivo. Pocos días en mi vida he meditado tanto. Sentí que nada ocurría porque nada ocurriría. La labor periodística, como muchas otras, también es comercial. El problema militar pareció no serlo. No más artículos que hablaran sobre la noticia, ningún amigo que se preocupara por hacer una llamada. Por las noches cenaba con Gabia tranquilo y meditaba. Me veía reducido a una mísera columna sin recuperación alguna. Periodista al fin, la noticia y sus consecuencias me importaban, pero el oficio mismo parecía ahora limitado y las clases medias intelectualizadas, lectoras de *El Frente*, no actuarían. Entonces comprendí la pobreza de mi espacio y lo extraño de lo vivido. No había tocado la tecla. Creía en la reacción de la opinión pública, había caído en la trampa. No se trataba de ella. Por eso sucedió lo que sucedió. Mi nerviosismo me llevó a descuidar a Gabia, a reflexionar sobre el periodismo, sobre Cervantes y Bonnetti, sobre el ministro del interior, sobre Desirée y aquel fallido empujón que la matara, sobre la represión y sus manifestaciones. Sin quererlo esperaba que algo aconteciera y en el concierto tocado no había nada que irritara o que el sistema no tolerara. En algo había errado y no lo comprendía. Rescaté aquellos artículos y, caminando bajo la luz de neón, miré las paredes pintadas del tren subterráneo. La posibilidad futura de represión masiva existía, yo lo demostraba. La compra de armamento debió haber sido realizada para estas fechas pero a nadie parecía importarle. Recordé aquello de dar tiempo al tiempo lo cual daba vida a mi esperanza. Miré mi escritorio con odio. No quería volver al periódico. Revisé la redacción, era correcta. Dudé hasta del mismo día de la publicación. Todo corrió por mi mente que confusa se arrojaba en busca de un refugio. ¿Qué había provocado aquello? ¿Por qué también en martes?

Te odio de verdad, lo hago y me redescubro en mi absurdo racionalismo calculador. Miro a Gabia sin poderle hacer el amor cuando frecuentemente insiste y le pido calor a sus brazos; lo encuentro. Saludo a la ironía de herir sin quererlo y no lograrlo queriendo. Que cuando se tiene se ha ido y cuando no se desea me desborda. Tomo el automóvil y me dirijo pensativo a aquella vieja hacienda convertida en hotel. Jueves en la noche, entre techos de grandiosa alzada y muros de un brazo de ancho me reclino a beber en una cava. A Gabia la desprecio avisándole por medio de una nota; la desprecio pues me desprecio a mí mismo por mi idiotez sesuda. Todo lo hube de calcular cuando jamás lo hice. Siempre tuve presente a Camus y sus almendros y tampoco "creo suficientemente en la razón". Pero lo hice y como producto de tal fue estéril, engañoso y poco vital. El guitarrista deja, por mis insinuaciones y diretes, sus intentonas flamencas y se aboca a nuevas piezas románticas en las que siento la soledad del lugar, al turismo frío y ajeno a todos mis problemas. Y tú me dices que lo que he perdido no es sólo una mujer preciosa sino toda una forma de entender y de vivir. Te respondo que la llevo dentro y pido brandy. Me siento ofendido pues no sé quién eres y quién soy. Me pregunto si podrá volver a ser aquella tranquilidad que se desliza con inconsciencia extraordinaria. Actué fructíferamente sin haber plantado. Cosecho desgracia que jamás quise. Me arrastro por cualquier podrido resultado. El tal Dico debe morir de risa de la inutilidad de mis amenazas y mis temores vencidos que contemplo como pura subjetividad. Me esfuerzo por ser lo que quieres y no puedes o nunca fuiste. No tolero la soledad del lugar. Pago de mala forma, tomo el carro de nueva cuenta a algún lugar con mayor frivolidad. Veo el camino con sus líneas blancas y me cercioro de llevar buena ruta hacia la costa, hacia el puerto; de nuevo al trópico y su calor. Enciendo un cigarrillo mientras escucho cómo las estaciones locales van y vienen por la radio. Conduzco ahora como lo haré dentro de un par de horas y más aún. Veo la línea blanca, pienso en la velocidad y la belleza de la motocicleta que de estudiante manejaba, el aire que se escurría por entre el cuerpo, en las noches claras del invierno de nuestra ciudad.

Cuántas veces manejé descuidado por las calles vacías de la parte colonial. Colonizados al fin mez-
clamos la BMW con la edificación del siglo XVIII,
ambas de importación. Recuerdo también mis amoríos con aquella que tenía dos hijos, yo de adolescente, cuando los veía entrar en la recámara sentía
una mordaza a mis apetitos sexuales. Recuerdo la
motocicleta y cómo me deleitaba manejar. Silencios,
cambios de velocidad y el ruido del motor que me
impulsaba. Absorto me lanzaba con faros potentes
por oscuras laderas de los bosques, que poco a poco,
se convertían en explanadas subtropicales cuando ya
la luz del amanecer se dejaba sentir, sin que ello im-
plicara apagar los faros. Admito mi cansancio que
de pronto me reclama un café y más gasolina para
los últimos 150 kilómetros. Pienso, mientras aguardo en la estación, lo pueril de mi conducta. Soy al
fin lo que fuiste, un mar de incongruencias; me refugio en la labor intelectual que es inexistente, después la periodística que llega a engañarme y parece
real pero no lo es, como nunca lo fue. Antonio no
es un periodista sino un interesante borracho y yo,
existencialista mediano que, como todo lo nuestro,
siempre será medio, nunca de los polos. Me miras
aburrido y llevo dentro la flama de tu rebelión. Estoy cansado, es hora de almorzar. Veo el mar desde
la terraza de mi cuarto y desciendo a aquella pla-
ya donde nadie me conoce. Me tiendo a gozar el ser
subdesarrollado. País donde los yanquis revisan las
cuentas dos veces antes de pagar y sienten diversión
de extorsionarnos con la compra barata de artesanías
imposibles para ellos. La arena se frota contra mi mejilla, el cansancio me vence. Permanezco dormido
cuando tú me miras, asientes, ríes y mejor dicho me
contemplas y te burlas: —te lo dije —me susurras—,
te lo dije— y siento cómo se desliza, cómo arde. Tú

que me acosas hasta el hastío. Déjame en paz, déjame dormir que es lo que necesito para terminar esta locura. No desesperes, necesito tu amor, tú lo crees y me afirmas. No puedo otear siempre desde la colina; contéstame que por fin recupero el saber lo que es estar muerto aunque siga sin vivir.

2

—¿Gabia?
   —Sí.
   —Discúlpame.
   —Me heriste.
   —Discúlpame; te extraño. Estoy en el puerto. Ven.
   —¿Por qué lo hiciste? Ni siquiera una llamada. Estoy por irme…
   —No tengo forma de explicarlo…
   —Me voy, pero llevo sin llevarme algo tan tuyo que jamás me podrás olvidar. Adiós. Búscate, Luciano, búscate.

3

La casa sola de nuevo sin alguien que me diga ¿cómo estás?, ¿cómo te ha ido? Todo oscuro y yo que pido claridad. El cenicero limpio, la cocina perfecta y un aviso en la hielera que me anuncia la existencia de una posible sopa. Algún dinero en el estante y nada más que yo mismo y mi profunda soledad. Tomo vino y miro aquel expediente donde se encuentra el misterio de su muerte y la manifestación de mi vida. Lo tomo y lo llevo para una lectura nocturna.

4

—¿Antonio?

—Sí.

—Publícalo por favor, no perdamos la continuidad, es tan sólo una corazonada pero quizá…

—Admítelo, Luciano, no tienes nada. Fue una ficción que por casualidad pareció explicarlo todo.

—Antonio, nunca te he pedido nada y…

—Está bien, se publicará.

—2-85-4989, ¿Gabia?

—Sí. ¿Luciano?

—No dejes que se apague, no me dejes apagarme. No sé quién soy. Estoy confundido pero eres la única posibilidad que tengo de ser real.

—¿Luciano?

—Sí.

—Vas a ser padre.

Un silencio se apodera de los dos y me doy cuenta, sin en realidad dármela, de lo dicho, y también de que puedo herirla.

—Gabia, no sé qué decir, mejor dicho… sí lo sé, estoy muy emocionado, no puedo creerlo, ¿por qué no vienes?, no, mejor voy para allá. ¿Está Sofía en casa?

—No, está fuera de la ciudad.

—¿Estás llorando? —escucho sin recibir respuesta—. Te adoro, voy para allá.

Salgo y me percato de no haber apagado la música. Regreso, las llaves caen al suelo, admito que de pronto la idea me resulta desagradable por todas sus consecuencias. Yo no quería un hijo. Mi concepción de mí mismo es otra, era otra; la vida me vuelve a dar un portazo. Desciendo por el ascensor, qué absurdo. Estoy nervioso, eso ni duda; necesito pensar antes de llegar a verla. Despídete del portero o pensará que eres descortés. No enciendas el auto. Medita, Gabia lleva un hijo tuyo, espera toda tu comprensión y cariño. No puedes dañarla... Ahora entiendo su dolor por la nota, ahora comprendo muchas cosas. Enciende el auto. Los hijos de Ordóñez son quizá los últimos niños que he visto pero eran todas unas personitas. Tú jamás lo consideraste; los gastos sin duda aumentarán. ¿Cómo puedes ser tan frío? Vas a ser padre y eso supone una enorme emoción, sentimiento; incluso la transformación total de tu persona. No tengo claridad. Por ahora le demostraré una enorme alegría. Por la noche meditaré si en verdad la siento.

La tomo entre mis brazos, se estremece, su mejilla húmeda junto a mi cuello y la tetera que tanto me agrada sobre la mesa. Me invade una responsabilidad que no deseo pero que no puedo evitar. La retiro un poco, la acaricio; no puedo verla como la vi o recordé ayer en el puerto. Lo oigo venir de adentro y me desagrada; hace tiempo no lo tenía, odio la idea de que regrese... Desde lo de Desirée no lo sentía. Es miedo, no tiene otro nombre, miedo era a estar de pronto solo, miedo ahora a dejar lo que no deseo, a cruzar una puerta creyendo saber lo que existe detrás, a reconocer mi edad y la crudeza de nuestra impotencia. Recordar los impulsos vehementes que me dieron lo que hoy veo como ficción, léase periodismo, erotismo, nacionalismo, mujer; irresponsabilidad. Pero creo haberlo vivido. Creo que fue real y me extraño. Sostengo a Gabia entre mis brazos y su cabeza continúa reclinada sobre mi hombro. No hablamos, decimos, nos escuchamos. Todas nuestras memorias surgen, aparecen. Curiosamente algo me une cuando me creía totalmente independiente, incluso de ella a la que veía como a una niña, por comparación. Pero su ser me daba calor y adoraba su sexualidad tierna, incipiente pero con potencia erótica que demostró. Ahora nada tiene sentido y me callo en el momento en que le digo:

—Te adoro… —y me oigo cuando termino. La escucho en su silencio que se rompe para decirme:

—Pero tú quieres tu libertad, siempre me lo advertiste, será mi hijo sin necesidad de que sea tuyo. Eso…

—Gabia, por favor.

—Tú debes continuar con tu vida tal y como la llevas, yo lo quise porque deseo algo tuyo que permanezca conmigo, que permanezca con alguien. Quiero —yo escucho sin tener palabra— porque te entiendo, que no te sientas castrado en tu libertinaje de vida, que es justo lo que adoro. También sé que un hijo es contrario a tu forma de vida, de ver las cosas. No espero un cambio, lo que quiero es que seas el mismo y —solloza, miro a una mujer entera, madura y me percato de que mi temor es entendido, de que Gabia es inteligente— el que yo tenga un hijo tuyo no debe de… —se calla y me doy cuenta de lo nublado del día y de lo oscuro del departamento que me deprime un poco— obligarte —y la palabra resuena—. Esto es justo lo que no deseo.

Yo no he dicho nada, sabía de mi actuación, ya la tenía en mente, ella tuvo varios días para pensarlo.

—Respóndeme, Luciano, ¿lo entiendes? —me mira a los ojos y tiene el mando, eso es indiscutible—. No quiero ningún cambio. Voy a tener un hijo tuyo, lo voy a sostener. Yo lo busqué sin avisártelo porque te quiero y sé que nunca serás totalmente mío. Porque existió una Desirée que aún llevas dentro, porque tú la engendraste, porque todo lo que admirabas de ella eras tú mismo y tu idea de la vida, tú la creaste. Nunca serás mío porque tienes un cerebro desbocado. Yo no seré Desirée porque soy yo misma y algo de lo que te puedo dar o darme a mí misma lo llevo en el vientre, es mi tesoro, lo llevo en las entrañas. Ustedes los hombres siempre ven en el engendrar una carga, yo veo la mayor riqueza. Por eso llevará tu nombre pero mi educación…

—Gabia, yo…

—No intentes convencerme. Te conozco demasiado bien, Luciano, por eso no te lo pregunté y sé que habrías de abandonarme para irte con otra que creerás más inteligente.

—Gabia, detente —no puedo seguir escuchando pero…

—Sí, más inteligente que la estudiante que va a dar un hijo tuyo a este mundo, y será mi compañía. Esas inteligentes se quedarán solas porque también habrás de abandonarlas, porque tú abandonas todo, hasta a ti mismo, pero a mí no, ¿lo oyes?

—Yo te adoro.

—Jamás me escuchaste con respeto y aún así te quiero. Callé y dejé que siguieras en tu engaño de brillo y madurez. No pretendo atraparte con un hijo. Odio la idea de verte preso en mi hogar o en cualquiera. Lo que quería tuyo era ese invento de libertad irresponsable que llevas en la sangre y que adoro sabiéndolo irreal. Eso que tú no has descubierto en ti mismo por suponerte el periodista o el intelectual, o el brillante profesor —la humedad es ahora mía y no sé qué cara brindar, qué rostro debo…—. No quise ser más erótica porque el erotismo de Desirée lo llevas en tu mente, como muchas otras cosas que son un invento. A mí no has de inventarme. Yo soy compañía, calor y tranquilidad, quizá en demasía. Tú quieres ruido, alegría, depresiones, ilusiones;

así provengan de una columna o editorial que pocos leen y nadie comenta. Admito tu ingenuidad y la quiero para mí. El vibrar con Sibelius o una Pavana, o el segundo de la Séptima. Tú, como muchos otros, vives de los hombres hacia arriba. Yo he de tomarte por el pecho —y calla, parece haber terminado. Me mira sonriendo; permanezco en plena confusión—. Luciano, cálmate.

—Yo…

—No digas, no hables. Voy a tener un hijo tuyo aquí, en mi hogar, y va a ser mío. Lo quiero para mí. El hogar no está en tus invenciones. Lo voy a amamantar. Sigue con tus molinos, tus militares y tus locuras. Yo veré cómo lo intentas.

—¿Qué…?

—Vivir de los hombros hacia arriba. Voy a arrojar al mundo un hijo tuyo, de la cintura para abajo. Primero sentirá mis pechos, después verá mis piernas. Algún día nos miraremos a los ojos, será hombre o mujer. Conocerá a su padre y lo contemplará de lejos, de pies a cabeza… como lo hago ahora.

Ni siquiera un adiós normal; de hecho me ha sacado del departamento. Tengo deseos de evadirme con una enorme carcajada, pero no puedo. Me reclino, el suelo está frío y me miro, te miro, y la mente es vestirme para ocultarme. Me detengo un escalón más allá, toco mi cabeza, veo cómo me contempla o quizá cómo muchos me contemplan. Me reclino, el suelo está frío y me miro, te miro, y escucho sus risas y recuerdo su sonrisa, todo en plena oscuridad.

5

John Stuart Mill, estoy en clase. Explico su concepción sobre la libertad, el renacer de las ideas y cómo la humanidad ha oprimido a los vencedores. Gabia aparece; la noche fue de inquietud e insomnio. Dos meses de embarazo, varias negativas a casarse, así como a vivir conmigo. Alquiló un nuevo lugar, trabaja por las mañanas ocultando su estado, ha abandonado sus estudios. El aborto jamás me he atrevido a plantearlo; voy a ser padre.

—"Odio a muerte lo que tú dices, pero defenderé a muerte tu derecho a decirlo" Voltaire. Eso es todo, gracias. —Me levanto. Es demasiado breve mi clase. Mi mente divaga, carezco de concentración. Camino, el pasillo está más limpio que de costumbre. Una vez más he dormido unas cuantas horas. En dos meses no he tenido a una mujer, lo cual me produce nerviosismo. Hay algo que me preocupa aún más: mi último artículo no tuvo ninguna repercusión, mi última corazonada sobre los militares no demostró ningún efecto. Tengo casi terminado un volumen con toda la información sobre las fuerzas armadas, su modificación de clase, su abandono de los intereses populares, la estratificación de la oficialidad y, por supuesto, el asunto de los créditos para compra de armamento, así como todas mis suposiciones de cómo el ejército, en particular, se radicaliza jugando cada vez menos un papel institucional. Sin embargo todo eso ha sido publicado sin tener la menor consecuencia. He perdido las esperanzas. Hoy revisaré una vez más los últimos artículos. El cielo está despejado, las lluvias nos dejan. Por unas semanas podremos ver las montañas y vestir ropa más gruesa teniendo sol. No hay respuesta para la muerte de Desirée y creo que debo de asumirlo. Fue un simple atraco de ninguna manera vinculado a mis artículos. Me resisto a admitirlo. Antonio me trata con afecto pero algo ha cambiado, probablemente su credibilidad sobre mi oficio. En fin, ahora debo conducir hasta la oficina.

—Buenos días, señora.

—Lo esperan.

—¿Quién?

—Francisco Ordóñez.

No puedo ocultarlo. Me desconcierta su presencia.

—Ordóñez, ¿cómo estamos?, ¿qué dice la familia? —el subconsciente aflora, eso es evidente.

—Gracias, bien, he venido… —está sumamente nervioso— le debo una explicación.

—¿A mí, Ordóñez? ¿De qué podrá ser?

—Le he mentido.

—¿A qué se refiere? —cambia mi tono.

—Prométame no tocar la cuestión.

—En estas cosas no hay promesas. —Es sobre los militares, eso sin duda. Si ha venido es por algo, no se trata de un acto de bondad. Baja la mirada.

—He querido dejar pasar un poco de tiempo. Por favor no me relacione.

—¿De qué se trata, Ordóñez? Dígalo de una vez.

—He de decirlo, jamás he podido engañar…

—Pero usted me mintió, hable déjese de…

—Hubo dos informantes.

—¿Qué dice?

—Sí, Dico fue uno, pero no el importante… Pierdo el control, tomo sus solapas y lo sacudo.

—Suélteme, suélteme, Talbek.

—Es usted una mierda, Ordóñez.

—Si es así, no hablo.

Jamás había golpeado a alguien en la cara. Me da asco y lástima, no puedo ceder.

—Hable Ordóñez, por un mínimo de integridad.

—Déjeme, Talbek. Hablo porque quiero, no por sus golpes. He venido aquí por mis propias piernas.

—Discúlpeme, Francisco, hay demasiado en juego y usted me ha mentido. Tranquilicémonos —dejo que pasen unos segundos—. ¿Desea un café?

—El hermano de mi esposa, mi cuñado, Márquez, Ernesto Márquez. Prométame no involucrarlo. Se lo pido, Talbek.

Extiendo la mano. Se trata de su cuñado y ahora lo que interesa es la información. Aprieto su mano y su gordura me parece noble, me parece humana.

Veo el humo azulado del cigarrillo y releo el artículo de Ordóñez. Todo cobra sentido. Lo volveré a intentar. Extraño a Desirée, pues me considero culpable. Tengo la seguridad de que no fue un atraco. Una vez más mi ambición de fama es desmedida y, tengo que admitirlo, me siento solo y derrotado. Aunque lo logre he perdido. Ahora extraño a Desirée, pues si bien el golpe fue accidental, vivió y murió por mi invento. Desirée, cuánto te extraño. Desirée de mis soledades, de las fuentes y las noches, mujer extraña que muere en la irrealidad, viviste de ella y para ella. No quedaba más que tu muerte. Discúlpame, mujer, pero lo viviste, de los jardines y sudores, de los extraños amaneceres, de tus piernas largas jugando en la sábana. Qué solo me siento. Miro el retrato, discúlpame. Mujer que te trepaste a mis hombros y viviste en ellos y quizá de ahí tu grandiosidad y muerte que fueron reales. Mis hombros lo son y lo que se produce sobre ellos también lo es. Dime que me extrañas, dime que viviste lo irreal como real; lo fantástico y exagerado. Que gozaste a Vaughan Williams y a Mussorgsky; dime que tu erotismo lo vivimos juntos, que lo llevas aún, que lo guardas como yo a ti, que me quieres, que me deseabas. Dime, dime que existes, dímelo una vez, dímelo mil y una veces. Dime...

6

Antonio, enterado y enfurecido, después de enorme comida lleno de entusiasmo, decide respaldarme hasta el final. Sé que después de los efectos del alcohol me respaldará un poco menos. Pero no importa. Por lo pronto dejo la estratificación y la estructura de clases; por lo pronto lo único que puedo hacer en viernes es esperar la cita que tendré con Ordóñez y su cuñado. El tal Márquez pone las condiciones e insiste en la necesidad de ser discretos. Retiré todos mis ahorros y los deposité en una cuenta a nombre de Gabia. Al enterarse permaneció inmóvil, quieta, lo cual corresponde a su actitud de entereza y absoluta seguridad. Deseo verla y ella se opone. Debo de admitir que no llegué al banco exclusivamente por Gabia. Quería además el dinero para la compra de una nueva motocicleta, ese aparato que me ha seducido siempre. Fue aquel viejo amigo, con el que nunca más podré llevar relación, el que me indujo. Dio conmigo en un restaurante y recordamos la universidad, los estudios, etc. Esas conversaciones extrañas en las que no se tiene más que un solo tema con una persona, pero ésa da buenos resultados. Me sucede frecuentemente, termina uno de recordar anécdotas mutuas y todo se ha acabado. Él es abogado postulante, mediocre, rico y se ufana de su amigo el periodista: "yo siempre digo, cuando leo tus artículos, sin duda es inteligente, menos que yo, claro". Rió de su propia fanfarronada que no me hizo gracia, aunque aparenté todo lo necesario para que lo creyera. Me recordó mi motocicleta y habló de cuando fuimos a un teatro a buscar a una artista que salía de su función. Nos detuvimos en la puerta trasera a conseguir "sus generales", como lo dijo él. La recuerdo bien, tenía una cara de madona, piel blanca, cejas oscuras, el pelo negro lacio, delgada. En fin, lo importante del encuentro fue la cara de asombro de él cuando le comenté no tener más uno de esos bellos aparatos.

—Yo creí que habías de terminar tu vida en ella —y agregó— no cabe duda de que en aquel entonces teníamos cojones para montar a cien y buscar artistillas.

Recordé entonces a Desirée en otro aparato que tuve. Me molestó el rostro del inútil amigo, me molestó lo de los cojones.

Al día siguiente, decidí buscar un nuevo aparato y lo conseguí. Ligero, negro, con gomas de pista; buenos faros. Resté del total de ahorros lo necesario, lo compré y llevé a casa. Lo miro y admito su absurdo, pero ya no creo en nada más. Me percato de mi absoluta soledad sin entender la actitud de Gabia. Tomo una cerveza del refrigerador y hablo por teléfono para avisar que no iré a la oficina. De nuevo tomo la bocina.

—¿Gabia?

—No, habla Sofía, Luciano. Gabia está en cama.

—¿Qué sucede? ¿Está bien, verdad?

—Sí, simplemente el doctor le recomendó guardar reposo, se siente débil y ha tenido… —mientras escucho me siento un miserable. Debería estar con ella y decido trasladarme.

—Mira, Sofía, es mejor que la vea.

Sin dar más explicaciones salgo y me dirijo a su departamento. No he comido y aborrezco la idea de hacerlo solo. Frecuentemente tengo que afrontar tal situación desde que Gabia dejó la casa. La euforia de la noticia sobre el segundo informador ha pasado. Desconfío de nuevo, desconfío de todo, incluso de mí mismo. Quizá recobro la confianza, porque nada valgo. Me contemplo, después de breve plática, sentado junto a la cama. Sofía prefiere evadirse y sale del cuarto. Pálida, en cama Gabia con un hijo en su vientre, un hijo mío. Mi actuación es bastante mala. No puedo fingir preocupación. En el fondo supongo que serán naturales estas cosas. Ella no pretende creer la actuación. Se trata entonces de una sinceridad a medias, se trata de…

—Luciano, ya cumpliste; de verdad, estoy perfectamente…

—Tenía deseos de verte, no hay ningún compromiso. Tú mejor que nadie sabes que ese tipo de cuestiones no prospera en mí.

—Luciano, toma o bebe la que quieras pero, no te incomodes, ni me incomodes. Simplemente debo tomar algunas providencias —una vez más me derrota haciendo añicos el poco espíritu conciliador que puedo engendrar. Resisto dos horas. Abandono el departamento después de un beso que me impregna de un sabor a tiempo lento, a control, a equilibrio, a estabilidad; todo me confunde.

Déjame en paz; te lo digo. Debo respetarme a mí mismo y ser lo que soy, como lo he sido. Déjame a mi suerte y olvida tus ánimos de madurez, déjame en paz de una vez por todas. La tomo por la noche en ánimo de frivolidad y desafío. Cruzo las calles vacías, secas y frías, de noche despejada. Gozo al ver la posibilidad de muerte en un instante, de control físico sobre el aparato y me siento venir, me oigo caminar a mí mismo y niego a Gabia con todo lo que ella pudiera significar. Odio el departamento, odio la idea de captura. Lo ha logrado. Me siento extraño en mí mismo y me busco como me lo pidió, pero rehúso aceptar que me he perdido. Doy vuelta a la derecha para tomar la vía rápida y veo venir las luces blancas de los autos sobre mí al sentirme invasor de carril, un invasor que reta, que ha conquistado el camino y continúa. El frío me invade, al igual que un profundo sentimiento de tristeza por lo que he dejado de vivir desde que Desirée se fue, o se la llevaron. Quiero recuperarlo todo en un momento y me doy cuenta que resulta imposible, que quiero mantenerme, sostenerme, conservarme. Lo único que conozco y gozo es eso mismo. De ahí mi rechazo a la familia, a la propia, a la ajena, porque al fin y al cabo soy productor de un ser mío que trato de recuperar. La ida de Desirée la veo como una partida que destrozó mi equilibrio en el cinismo, mi cínico equilibrio. Hace años me estremecí cuando leía a Malraux o a Sartre. Hoy, los siento lejanos; nadie me acompaña. Me tengo que recuperar y ver el borde del abismo y lo temerario del negro de los árboles; los siento pasar sin poderlos mirar. Los siento, me dan temor, la velocidad lo acrecenta. A pesar de ello continúo y si lo hago es porque me llevo a mí mismo. No puedo producir un pensamiento ecuánime sobre Gabia. Ahora me irrita sabiendo que en algo tiene razón. Arribo cansado, hacía tiempo no lo hacía. Me encamino al viejo antro de baile, de gente que, tiempo atrás, vi de mi edad y ahora veo demasiado joven. Las manos las tengo entumidas. Lo negro del aparato definitivamente impresiona, igual que mi chaqueta de cuero que no viene al caso en un lugar subtropical. Escojo una mesa de forma por demás agresiva y pido vodka y las contemplo. Burguesitas derrochadoras que buscan vida pero tienen miedo. Son atractivas. Pido más y a una la observo fijamente, de lo cual se percata. Frente al imberbe que la pretende encuentro su mirada. El humo me daña pero trato de entender. Veo las gotas lentas deslizarse por el vaso. De nuevo baila y me observa curiosa, pero con suficiente descaro como para que me dé cuenta y el juego me gusta.

—¿Me permites?

Veo los ojos de aquel que no hace más que extender la mano hacia ella en intento por librar la situación con dignidad. La piel es trigueña, eso sin duda me atrae. No sé qué deseo pero inquiero con silencios. Ojos claros, más baja de lo que yo imaginaba y la invito a salir del lugar. Invitación que irremediablemente la llevará a despedirse de su acompañante que, para entonces, ya baila con otra. Se llama Julia. Mira el casco y conduzco. Durante la comida veo sus ojos claros, claros y grandes. La observo, hablamos poco. Después fue lo que fue y en el regreso deduzco mi capricho. Nunca la saqué de su temor quinceañero. Temor que hube de depositar en una bella casa a las cinco de la mañana, después de una relación por demás fallida y extraviada.

Déjame en paz. Admito haber estado tan cansado que me imposibilité de una mejor explotación, pero cada vez son más esporádicas. Sólo veo dos personas. Me recuesto, apago la luz. Recuerdo la libertad como limitación sabida y conocida del propio actuar. Me arrepiento de mí, pues busco lo inexistente. Detesto lo irrecuperable y valioso. Me doy cuenta de la necesidad de fuerza para engendrar un mundo de los hombres para arriba, del valor de mi locura que contemplo como real. Siento la tranquilidad del desahuciado y te miro caprichoso, sonriente pero no satisfecho. Quisiste más; recuperar lo irrecuperable. Lo que fuiste, Desirée y ahora Gabia. Te heriste al tratar de reconocerte como lo que no eres. Confundiste a Desirée con sexo y frivolidad.

Date cuenta. Me froto contra la sábana. De nuevo en la gran ciudad, te pierdes en lo oscuro y admito el calor. Ahora las veo separadas. Aprieto los ojos con el afán de dejarme, con ansias de olvidar, de olvidarme; de olvidarnos...

IV

1

Todo lo tuve y lo perdí. Me busqué hasta extraviarme, me condené... y ahora ni siquiera en el esperar espero.

—Ocho treinta, Ordóñez, y dígale que sea puntual.

—Óigame, Talbek, nosotros...

—Nosotros, dice usted muy bien, piense también en sí mismo...

Como los animales prefiero no salir de mi ambiente. Tres veces se pospuso la reunión y lo soporté por mediocre. No tengo nada que hacer hasta el encuentro con el tal Márquez y el repugnante de Ordóñez.

—Hasta luego —salgo de la oficina. Sé que es demasiado temprano, pero siempre lo hago. La viudez inoficial invita a la compasión. He pensado que la mediocridad es el gran mito a vencer, el gran monstruo a contener. Salir de ella, ésa es la meta que parece alejarse con la intensidad del trabajo. La sociedad de servicios, aunque sea tercermundista tiene todo el sabor de la impersonalidad. Camino por la acera al cotidiano restaurante donde consumo una jarra de vino de la casa, que ya ahora saboreo por sus efectos de somnolencia tranquilizadora. La mediocridad, eso sí que a todos nos preocupa. Lo de la tal Julia prefiero ni recordarlo. Gabia lo sabe, conoce mi estado y aún así, o quizá por eso mismo, se niega a verme. Qué situación más absurda. A mi familia no la tolero, a mi invento lo he perdido y a mi propio hijo no lo poseo.

—Gracias, no, no espero a nadie…—se ve que desea ocultar mi diaria soledad. Los militares me permitieron mamar comidas durante seis meses pero, como todo, eso también se acaba.

—¿Lo de siempre?

—Sí, lo de siempre —debí decirlo con mayor suavidad. Creo al fin en mi propio ser mediocre y, relajado, continúo. Admito que mis fracasos nocturnos me han llevado una y otra vez a situaciones ridículas que prefiero olvidar, aunque en ocasiones no puedo. Déjame, déjame en paz que no quiero que vuelvas a confundirme. Mi tranquilidad, mi mediocre tranquilidad me brinda noches aparentemente apacibles. No me inquietes, no me vuelvas a tocar. Sólo hay una frase que me estorba, de alguien que lo dijo: "tu mente desbocada", pero ella también puede estar en el error. Puede incluso ser la causa por la que no desea verme; claro, eso debe ser. Creyó en mi mente desbocada y ahora descubre mi gran mediocridad. Creyó en mis inventos que ahora resultan inexistentes. Soy lo que ves, un mediano periodista de paisito subdesarrollado, que en ocasiones promete y en otras agota. De paisito que adoro porque se me ha dicho que debo encontrar los beneficios del subdesarrollo y hacer la crítica de los avanzados; paisito de generales que cobran poder, de una sociedad civil, en el sentido de Locke, totalmente debilitada, de ahí, como decía yo ayer en clase, de ahí que los intentos por consagrar una sociedad civil y de apoyarse en ella no sean más que una cascada de ilusiones. La misma sociedad civil es un invento occidental y nosotros nunca la asimilamos bien, como lo hicimos con el traje, o la corbata, o el automóvil, o la gran ciudad. Déjame en paz, que quiero mi tranquila mediocridad de subdesarrollo. Quizá no recuperar a Desirée nunca más. Me admito un engañado crecido en las clases medias creyentes de una nueva religión que se desvanece. Occidentalismo de derechos ciudadanos, occidentalismo de equilibrio de poderes; de Aristóteles, Hobbes, Montesquieu. Déjame, déjame en paz, que nada valgo y lo admito. No soy más que un desgastado Quijote que se reconoce en su dimensión. En esta ciudad nada pasa, nada como en las películas. Déjame en paz, que admito nunca poder estar en la pantalla, ni cruzando el desierto sobre un camello, ni sufriendo torturas en una cárcel extranjera, ni derrotando por la vía civil a un gobierno. Déjame que lo he leído, pero no vivido. Déjame descubrir si Desirée fue real o un invento, y si lo fue, cómo puedo intentarlo de nuevo. Déjame en este pequeño restaurante tomando vino tinto, aunque me provoque males inenarrables. Déjame, que tus pretensiones me causan desequilibrios y por ahora quiero creer en el *homo faber*, en el racionalismo de lo irracional; en un racionalismo que parece tranquilo. Déjame, quiero racionalizar mi mediocridad, olvidarme del brillar, olvidarme del ego y ser feliz en mi mediana estatura. Extrañaré la fuerza, extrañaré mis delirios de irresponsabilidad, extrañaré en parte a mí mismo, y es eso lo que no logro explicar. Miro tranquilo, sabiendo que me condeno y la condena habré de pagarla pero, por ahora, no puedo hacer más; estoy vencido. Oigo el piano o quizá lo invento, tomo un sorbo, recuerdo el *Super Constellation* en Frisch. Tengo una imagen de mí mismo de nuevo artificial, de nuevo occidental, un poco menos mediocre que yo, pero la tengo. Extrañaré la fuerza sin límite y me vengo despidiendo de mí mismo. Adiós por eliminación de mi ser; adiós de lo que he sido hasta ahora, o quizá, un mediocre autoreconocimiento. Tranquilo bebo vino, como con beneplácito, mostrando quizá una nueva forma de mediocridad. ¿Hasta en eso quieres ser novedoso?

Paga la cuenta, despídete mostrando control y ve a dormir una siesta justificada. En tu auto económico pero deportivo, a tu piso gracioso pero barato, a reunirte con tu cultura, común pero alambicada, con tu oficio mediano pero que paga vino; a tu aventura que cabe en palabras. Párate, es hora de dejar el restaurante, incorpórate a ti mismo y sé... si puedes.

2

8:45. Miro el reloj y me inquieto, nunca llegarán. Ahora lo sé. Estoy tratando de prolongar lo acabado, estoy intentando revivir lo muerto; de Desirée a la conmoción por los militares. El citar a Ordóñez y a Márquez no fue más que eso: un intento por recuperar lo que nunca tuve. Lo del segundo informante fue tan intrascendental como lo del primero. Será mejor que olvide todo. Qué solo estoy. Quizá se trata de un retraso, quizá de un simple problema vial. No, no vendrán. Lucho conmigo mismo en un desesperado, turbulento torbellino mental que termina por confundirme totalmente. Te pierdo, me pierdo. Recupérate, quien seas recupérate y olvídame; tomo un cigarrillo, lo fumo lentamente con desesperación. Bebo un segundo trago. 9:15, confirmo mi inutilidad y prepotencia. Confirmo que no eres, confirmo que soy. Me destruyo a puñaladas que emanan de mi propia mente: lo mediocre de mi persona, lo inútil de mi formación, lo traicionero de mi cultura, lo irreal de mi ser, lo profundamente absurdo de todo esto. Veo caballos enormes que sufren caídas, veo abogados defensores siempre limpios y pulcros, veo grandes ciudades que me son ajenas, veo artistas del pasado que enarbolo, que deshebro como pollos, con coraje y apetito. Te veo y me veo. Las 11:50, recupero a Lawrence para lanzarlo al fondo del dormitorio; más desiertos y héroes que aborrezco y me odio, te odio, y escucho aquel novedoso concierto a cuatro manos, lo único verdadero que gozo. La 1:30 y quiero dormir. Despedazar un miércoles o jueves o no recuerdo qué pusilánime día, fumar un último cigarrillo y, atento, contemplar mi propio ocaso de sueño. Huelo el tabaco, extiendo la mano y apago la luz, refugio silencioso de mis nocturnas salidas. Oscuridad de pequeñeces o enormidades, según sea el punto de observación. Déjame, déjame en paz. Duérmete, déjame dormir.

—¿Sí? —¿qué hora es, dónde…?— ¿Ordóñez?

—Sí. Le hablará Márquez.

—¿Qué sucedió? —y ahora responde otra voz.

—Creímos que nos tendía usted una trampa, Talbek, desconfiamos.

—¿Qué piensa Ordóñez?

—Olvídelo, escuche. Habla Ernesto Márquez, teniente coronel Ernesto Márquez. Tengo un boleto en mi mano y confío en usted. Recibirá un sobre sin firma. Tiene un mes para hacer lo que quiera con la información, es confidencial y verídica. Soy quizá un traidor a mi estrato… Escuche, Talbek: sólo cuatro semanas. Si durante ellas logra usted divulgar lo que le informo sin mencionarme, sacarlo a luz sin decir quién se lo dio le daré otro tanto. Un mes, Talbek. Tengo familia, estará conmigo, quiero que viva en nuestro país de forma segura. He matado, Talbek, y lo haría una vez más. No me toque. Adelanté todo por su maldita obstinación de que se tratase de hoy… yo cedo por un fin común. Piense Talbek. Por primera vez en su vida… hágalo.

La noche fue de continuos movimientos. A partir de ahora todo comienza de nuevo sin tener un principio. Todo me excita y me confunde. No puede haber repetición, sin embargo se trata de lo mismo. Revives, yo no quiero renacer, quiero morir recuperándome, aniquilándote. Bebo café cuando observo un sobre que se ha deslizado por debajo de la puerta principal. Blanco, engomado. Tengo miedo de abrirlo, tengo ansia por ver de qué se trata. Comienzo la lectura.

El piano suena. Al pianista hace tiempo no lo veía, nadie me reconoce, nadie me conoce, ni tú mismo te conoces. Toca, pianista, y aléjate de la estupidez en que vivo. Toca una vez más aquel melancólico jazz que tanto odio, que tanto extraño. Toca pianista que tengo mucho por hacer, que he terminado de principiar. Toca algo que nunca acabe, porque no permitiré interrupción. Toca, que nunca más volveré a irme porque de ahora en adelante sólo caminaré, caminaré solo. Toca lo que te venga en gana. Toca hacia enfrente o hacia atrás, toca en el tiempo. Toca sin tiempo que para mí ya no transcurre. Nunca ceses, nunca lo hagas. Jamás oigas los aplausos, jamás los esperes, son espejismos. Continúa, no te detengas a palparte a ti mismo en el ruido. Toca, pianista, toca sin cesar.

3

Antonio se niega a publicarlo. Antonio y yo discutimos. Antonio me argumenta, por primera vez me argumenta. Antonio habla de prestigio. Tengo un mes. Cuatro semanas menos cuatro días. Antonio debe creerme. Soy Ordóñez, no tengo firma. Soy Talbek con treinta meses más y una viudez no formal. Soy Luciano Talbek con información que no me estremece. El tema de los militares ha sido olvidado. Antonio no bebe y pierde locura, pierde valentía. No se trata de la evolución histórica de la milicia en nuestro paisito de sucio subdesarrollo, se trata de corrupción, se trata de dinero, se trata de funcionarios. Yo me estimo, te respeto; Luciano, tienes el carácter para por fin ser. A Gabia la he vuelto a visitar sin importarme su trascendencia física, su intento de poseerme o quizá de dejarme en libertad. Se trata del ministro del interior, de porcentajes en las compras de armamento. Caigo conscientemente en las banalidades. El tal Borja, en su ministerio del interior, con su aspecto taimado, nos dejó a Bonnetti y a mí solos. Bonnetti no era político, era militar y se defendió con razonamientos militares. Yo, que hablaba de sociedad civil y de legitimación; 15% sobre armamento ligero, eso era. Participación accionaria en la principal fábrica de parque. La institución es impalpable, los créditos concretos y los nombres de la sociedad anónima. Márquez acompañaba a Bonnetti cargándole el portafolio, por lo menos así me lo imagino. Márquez tiene los cojones medianamente bien colocados. Márquez observó todo y el tonto de Borja hablaba sin darse cuenta. Yo argumenté la degeneración de las instituciones; creía en la bondad de las ideas y leía y relía los artículos por las noches, en las madrugadas. Convenceré a Antonio. Talbek ingenuo. Claro que Desirée fue real, nadie ha podido arrancarla de mí. A Gabia la toco con naturalidad y ahora me río de ella, me río con ella; me río con el sabor de su boca. Adoro a la mujer y Gabia lo sabe. Adoro la inestabilidad. No ser porque de hecho no soy. Dame, dame más.

4

—Se trata de un tema nuevo. Mejor no lo vincules con el anterior, Luciano.

—¿Qué sugieres? ¿Acaso que otro firme por mí? No, Antonio, soy el que lo escribió y quiero que aparezca…

—Mira, Luciano, la vez anterior tú afirmaste…

—Decías que debía de tratarlo por separado, ¿o no, Antonio? Ésta es la quinta vez que platicamos. Siempre te admiré.

—Luciano, las cosas…

—Sí, Antonio, te admiré cuando eras un briago valiente, inconsciente porque sólo así puedes ser alguien. Ahora me doy cuenta de que ni siquiera tienes el carácter para ser tú mismo, tal y como te parieron. Siempre pensé que eras oro disfrazado de alcoholismo y gordura. Pero parece ser que me equivoqué. No vales nada. Mariela es puta y lo reconoce. Es caliente y lo deja saber y…

—No sigas, Luciano —se levanta de la mesa. No me importan sus estruendos—. Mariela merece más respeto.

—Mariela sí, tú no. Mariela vale, tú…

Nunca creí que lo dijera. Admito que me golpeó.

—Levántate, Luciano.

Me excedí. No voy a pedirle disculpas.

—Sal de aquí, diré que se te liquide tal y como lo establecen los estatutos de la cooperativa. Te creía más inteligente.

Camino hacia la puerta, lo miro por última vez a la cara. Unos pasos más…

—Hasta luego, señorita, o mejor dicho, adiós.

Por los pasillos me dirijo a mi oficina. Pido unas cajas e inicio la recolección de mis objetos, libros que me obsequiaron, plumas y lápices, papeles, revistas y ahí, en el último cajón, encuentro un sobre blanco que nada me dice; lo abro y veo su letra. La garganta se me cierra y leo, leo quedamente pero moviendo los labios, leo estremecido por mi propia vida:

Tú, el de siempre
　　　te espero ahí
　　　　　donde siempre
Tú, el de ayer,
　　el de hoy,
　　el de mi diario amanecer
　　　　Tú.
　　　　Desirée.

y veo su letra y me siento solo. Camino, saco el pañuelo y hago lo que tengo que hacer. Volteo a mi despacho; silencio, me despido; las sillas, la ventana...

　—Envíemelas por la intendencia —me despido, ella se da cuenta y sonríe tratando de evadir mis ojos rojos que no lo están por lo que piensa. Lo llevo en el bolsillo, con lentes oscuros salgo del garage; lo llevo en el corazón, el sobre que habla de mí. Gabia en el trabajo, luego en mi casa, a deshoras, hasta que la luz es diferente. Sin ánimo de comer, sin ánimo de beber y observo su retrato. La extraño, la perdí y no la puedo recobrar. No reflexiono en lo que hice a Antonio, dije lo que pensaba por mínimo respeto a mí mismo. Todo se ha acabado, no más militares, no más entrevistas, no más Bonnetti ni Cervantes. Tres semanas de un plan sin sentido. Fumo tranquilo y oigo sin escuchar, aguardo sin esperar, medito sin pensar, estoy en plena ausencia. Una Gabia que me quiere a su manera y la respeto. Una Desirée que se ha ido y extraño. Periodista mediano, un intelectual que ya no cree en la sociedad civil, ni en Locke, ni en la prensa analítica. Me veo, nos vemos, te estimo, te entiendo. La luz se ha ido, enciendes una lámpara, por demás lejana; recuerdas a tu familia y sus escándalos de los que siempre escapaste arrastrándote. A tus padres. Él, feliz comerciante de familia grande. Ella, esposa cocinera. Ambos que se sonríen y se besan. Él tenía amoríos que entiendo y ella lo odiaba con razón. Los hermanos y hermanas se casaron, llenaron sus vidas de momentos insulsos que se transformaron en monotonía a la que tú temes y temo. Por rechazo dejaste las leyes para dedicarte a una profesión con mayor rebeldía implícita. Te radicalizaste aun cuando en tu interior sabías lo imposible de tus afanes de adolescencia, que por lo visto has desechado, pero no totalmente pues creías en el periodismo y creías en la fuerza de la razón. Todo resulta tan falso, tan engañoso como tus esfuerzos. Lo único real que te queda es ese sobre que llevas en el bolsillo, que te ha hecho vibrar, llorar, recordar lo que para Gabia es vivir de los hombros para arriba. La fantasía se convierte en tu única realidad que comprende el piano, aquellas piezas y también el concierto que tanto te agrada. Tu vida cotidiana, tu aburrimiento con los intelectuales. Todo lo llevas habiéndolo dejado. Desde las fuentes y sus baños nocturnos, los bailes pasando por sus piernas largas que se deslizaban por la sábana y todo lo que ella hacía porque me excitaba. Era artificial, fue real. El calor de Gabia lo fue en un intento de reproducción que no entiendo pero acepto. Ha transcurrido la tarde, empieza la noche. Nadie llama, como si nunca más lo fuesen a hacer. Qué grande la ciudad, sus ruidos que indican la hora, indican su vital pulsar. Afuera el mundo va y viene y nunca llega porque hay un después. Sobrevivir se ha vuelto complejo. No tengo deseos de hablar con nadie, desprendo el alambre. Pongo el cerrojo, dejo aquella lejana lámpara como única y observo mi soledad, mis muebles, mis libros, mi cama y releo…

Tú, el de siempre
       te espero ahí
             donde siempre
Tú, el de ayer,
    el de hoy,
        el de mi diario amanecer
          Tú.

y su nombre que me estremece como el piano. Siento la tranquilidad del sillón de dormir. Vestido escondo mi cara entre suavidades y dormito con aquella luz encendida. Baja la temperatura, tengo frío y huyo a mi cama. Tomo una pastilla, escucho de lejos el golpeteo sobre la puerta. La mujer del aseo, lo sé, nadie más. Es de mañana pero seguiré dormido. Cesa el golpeteo, regreso. Con calor abro los ojos, me siento cuando pienso que no tengo nada que hacer y veo la luz del mediodía. Sin apetito tomo un vaso de leche, de nuevo una pastilla. Mis manos juntas entre las piernas. Tengo tiempo, necesito descansar. Un dormir en exceso a nadie puede dañar, alguien más lo intenta y golpea; nadie me ha visto entrar: las 12:30. De nuevo madrugada y despierto con ánimo extraño. Pienso salir en el aparato y sin querer dormito cansado, profundamente cansado…

5

Vi la nota en el piso, imaginé el resultado y corrí con ansia extraña. Por favor, quien seas, no una vez más:

Gabia está en el General de Asistencia.
Ve cuanto antes.
Sofía.
P.D. Te estuve telefoneando.

El blanco de la nota en papel desgajado bruscamente, sin fecha. Sería de ayer o del día anterior. El blanco de los hospitales me molesta, lo sé. Aun antes de llegar recuerdo cuando visitaba a aquella vieja tía, pero eso ahora no tiene sentido. Gabia en el hospital y pienso lo que resulta lógico. Al detenerme golpeo otro automóvil y me disculpo; quizá lo hice con propósito para argumentar mi nerviosismo. Dudo, dudo de todo, dudo de mí mismo. Pregunto, 454 es la respuesta. Ya frente a la puerta golpeo suavemente y poco después aparece el rostro de Sofía. En el fondo la madre sentada.

—Ven, no entres, está dormida.
—¿Cómo se encuentra?
—Bien, dentro de lo que cabe…
—¿A qué te refieres?
—Necesita cariño, mucho cariño.
—Pero acaso…
—Luciano, reacciona, ha perdido al bebé, Gabia abortó.
—Pero ¿por qué?
—No seas ingenuo, o por lo menos no lo pretendas que me enfureces. Exceso de actividad y falta de cuidado. Luciano, óyelo bien, Gabia perdió al bebé, perdió lo que más deseaba.

De regreso dentro del ascensor, en el segundo
entra una silla de ruedas, mejor no observo aunque
admito curiosidad. No pude hablar con ella, está se-
dada. Comentaron lo rojo de mis ojos y aclaré haber dormido poco, cuando lo que tenía era exceso
de sueño. En la misma planta baja las venden, hace
tanto que no lo hacía. Pido un momento y no sé qué
escribir. Por segunda vez necesito papel nuevo. Lo
único que sale es: te adoro. Camino sin la simulada
prisa; no tengo a dónde ir, ni qué hacer. Penetro en
una impersonal cafetería y bebo cerveza. Son las
once cuarenta y la impersonalidad me permite
contemplarme, solo, amargado. Recapacito en lo de
Gabia. No siento, no puedo sentir. Ella saldrá del
hospital y se recuperará y yo me libraré de la sensación a la que empezaba a acostumbrarme. Sigo sin
entender su deseo y recuerdo cuando nos conocimos. El aprendiz de Quijote, periodista que se en-
frentaba a un mundo de ideales. Así creo haberme
pincelado por conversaciones y aventuras. A ella
nunca la enseñé, llegó siempre tarde, después de
Desirée. Los meses han transcurrido, recuerdo también aquello de los hombros para arriba y me extraño a mí mismo. ¿Dónde estoy que me he perdido?
De pronto pienso que se ha equivocado, pues siempre
he vivido de los hombros hacia abajo. Todo fue un
invento que deseo revivir. Qué solo estoy. Me lamen-
to de mis facultades histriónicas, me admito derrotado. Al pagar veo *El Frente* y pienso comprarlo
pero es mejor desprenderse; si algo ha terminado
se debe terminar sin mayores coqueteos. No tengo empleo y la palabra liquidar me resuena. Conciencia repleta, a pesar de las horas de sueño. Admito querer fugarme. Ni alcohol, ni pastillas; soy
yo conmigo mismo. De regreso al departamento
cuando...

—Lo vinieron a buscar —se trata del nuevo muchacho—, dejaron esta nota.

Una vez más. Cuántas notas. Sin reconocer la letra leo:

Felicitaciones. Creo que tu teléfono se encuentra averiado.
Ordóñez

Por un momento me pasmo en desconcierto. Una felicitación por haber sido liquidado me parece tan de mal gusto que quizá sea simpática. Permanezco en mi desconcierto, fumando de nuevo veo los ejemplares de Foucault, Cooper, Lenk; sin querer siento la garganta cerrárseme pues desde que se fue me hace falta; jamás lo quise admitir. Lo necesito y ella me lo brindaba. El bebé en Gabia permitía la tolerancia de cariño y frivolidad. Siempre vi los lazos como cuerdas cuando en el fondo dependo de ellos. Cómo lo necesito; necesito el calor, el calor de sus besos y su vientre o su acompañarme en todas mis locuras. Clasemediero me veía al fin como un *cowboy* solitario, figura inexistente de mi extraño crepúsculo. Día de sombras nebulosas. Ni Tagore, ni Rilke. Vacío, plenamente vacío; sin pasión, ni mito; sin mentira ni verdad. Sin actuación, tal como lo imaginé. Estereotipos que, como agua creciente, me ahogan. Me busco en la falsedad de mi propio engaño. Me busco en la realidad de tu propio ser. Antonio me ha liquidado. Ni la sociedad civil, ni Gramsci, ni la conciencia revolucionaria me permiten palparlo. Byron en sus viajes que nunca realizaré, ni mido los dos metros, ni *El corsario* me importa. Desirée está muerta y el Kamasutra nunca me pareció practicable. Los militares son irrelevantes; a nadie importa el raciocinio sobre la bota porque ella es legítima, en tanto que no hay ideas. Se trata de comer carne y nuestras clases medias consumen mucha. Lo que será de mi vida ha sido; lo que fue será. Admiro a los que vivieron en las ideas porque lo lograron, porque evadieron y lucharon, porque, inexistentes, las hicieron valer. Reconozco mi imposibilidad: lo mejor de mi vida lo pensé creándolo. El esfuerzo del concepto, ya lo decía Hegel. Déjame, déjame en paz; a Desirée la extraño, invento como lo fue Dulcinea. A Gabia la temo por realista, calculadora. A mí mismo me reconozco, me lavo la cara y miro al espejo con luz fría y sonrío cuando siento un saludo.

6

—¿Sí?

—¿No piensas llamarme nunca?

—¿Antonio?

—Demonios, ¿tan espontáneo resulta tu olvido después de que te enseñé a escribir? —oigo su voz y siento grato en mi interior aunque he dormido mal; el exceso de whiskey, la preocupación sobre lo de Gabia... —Contesta, responde.

—Sí, te escucho...

—Déjate de niñerías, tú y yo nos queremos. Te espero a comer y me verás borracho, sólo así soy...

—Pero yo debería...

—No lo intentes. ¿Qué te pareció?

—¿Qué?

—El artículo, ha causado conmoción.

—¿Cuál?

—¿Acaso no compras *El Frente*?

—Pues obvio que no, siempre lo he leído en la oficina. Creo que sólo nosotros lo leemos. Los ejemplares son para miembros de la cooperativa. Vivimos en un islote de gracia y contenido pero sin repercusión, ¿o no, Antonio?

—Mira, Luciano, déjate de marometas intelectuales y sigue viviendo; ya lo dijo alguien, no sé quién, "estamos a bordo de la vida, vivir es nuestra profesión".

Por primera vez le escucho una cita y río cuando corto la comunicación, lo último fue:

—2:30. Donde siempre, con mucho vino y… sé puntual…

Recordé cuando no lo era; recordé cuando vivía. Los días eran breves. Al menos me sentí con empleo y con salario seguro para pagar mis estúpidos gastos de consumo, porque, al fin y al cabo, sociedad de servicios, de servir y servirte con alto grado de inutilidad, vivimos. Solo, acompañado, emprendí un baño, miré mi cara con pelo entrecano y delgado. Mirada triste, bajé la vista y arrojé agua.

El artículo fue aquel que provocó la disputa. Aquel de la liquidación, de las pastillas, aquel del alboroto y los ojos rojos. La conmoción: que los partidos de resistencia pidiesen al Gran Jurado como Corte, la Cámara Baja como fiscal, al Senado como juez y Borja fuese al estrado. Bonnetti, Cervantes, todo aquello resucitado; *El Frente* vendió el exceso cotidiano y Luciano Talbek firmaba. Recuperé mi oficina y todo lo artificial volvía. Gabia recibió flores, en un impulso de vida que de hecho no existe, pero el conquistador de conquistadores se encontraba solo: nunca dejar a Sancho como interlocutor. A Locke y Tocqueville los gocé en clase. Desirée, dime, ¿verdad que me acompañas? Dime que somos, eres y serás. Habla que siempre te llevé y te hago mía. Al amanecer escucho a Satie, la vida sin música es un error, todo es una falsedad que es real. La sociedad civil, la objetividad como intento de la subjetividad humana. Odio la lógica que tanto invoqué por traicionera, infiel y audaz. Pienso, pensaré. Como renacimiento soy, seré, serás.

7

Instalado de nuevo en mi estúpido acontecer que adoro y Márquez ha regresado a la ciudad. A los tres días de la publicación se dice que Borja dimitirá en cualquier momento. Márquez ha enviado nueva información, documentos que veladamente permiten mostrar cómo Borja recibió un porcentaje sobre el monto en la compra. Existen dos cotizaciones, la más alta fue la pagada. El representante de la compañía oficiosamente ha negado tener conocimiento de cualquier diferencia en el precio y sostiene haber cobrado el monto total. La opinión pública, constituida por unos cuantos periodistas, nos regocijamos con las múltiples contradicciones del incontrolado declarar gubernamental. La máxima figura parece incólume al no permitir ninguna pregunta sobre el asunto. Su firma se encuentra al pie del documento, lo cual no prueba nada. Algo me amarga la boca en plena cima, empieza a amargarme cada vez más. Las felicitaciones de amigos y conocidos, el ser recibido con ansiedad por los abrazos de Antonio, el comentario sobre mi valentía, y los días transcurren con una prolongada dinámica. Borja no dimite aunque toda la prensa declara abiertamente su debilidad. Todo continúa brindándome satisfacciones que jamás me satisfacen, éxitos que me extrañan; me extraño en ello. Algo me amarga cada día. A Gabia la veo, y recuerdo nuestra fuga repentina y que tuvimos Eros, pero ahí también algo amarga e incomoda. Te veo y te digo lo que siento y lo sabes. Me miras y preguntas, lo has hecho, lo haces, lo harás. —¿Sientes algo por mí? —Yo respondo, afirmo. Contemplo mi oficina repleta de luces, pero fría. Te veo a ti, Gabia; afirmo sentir, pero me tomo el cuello y lo froto. Durante los días que transcurrieron desde el suceso, desde la publicación, como globo que revienta y deja salir un vaho imperceptible, por lo menos para mí. Se trata de un éxito periodístico. Un ministro ha dejado el despacho, otro queda llagado de por vida. Soy el orgullo de *El Frente,* al menos durante algunos días, pero mi boca se amarga. Una Desirée que rechaza la procreación y adoro; es mi invento, según me han dicho, que cabalga desnuda por los desiertos de mi memoria. Una infancia burguesa con luchas y combates medianos. Una educación decorosa al igual que mi profesión de éxito consagrado. Todo un personaje. Personalidad, quizá por algunos meses, durante algunos días. Un departamento que me recuerda que en su origen hay olvido. Una Gabia ambivalente que ahora me produce inestabilidad. Infinidad de respuestas racionales que no me cuadran y que he llegado a desmemorizar. Unos amigos artificiales e inútiles que estimo y oigo en sus comentarios. Libros que me observan en las noches, después de que los miro con cierto odio. El comentario de Antonio el día de ayer:

—Te veo cansado, has perdido hasta el habla. Tómate unos días, ha sido demasiado —seguido de una respuesta convulsiva que ahora digo:

—¿Demasiado de qué?

El regreso a las frívolas conversaciones con conocidos que surgen en restaurantes, siempre comiendo, en almuerzos agradables que gozo y repelo en toda su dimensión. Infinidad de hombres, ilustres poetas, clásicos novelistas, pensadores políticos, héroes nacionales, nuestro subdesarrollo consuetudinario, calles en la gran ciudad por la que ahora manejo, porteros, películas, cabarets, cigarrillos, funcionarios, marcas comerciales. Todo en este mundo tiene un nombre siempre más poderoso que el mío, Cervantes, Bonnetti, Peña y Peña, Dico, *El Frente*, Gabia y Desirée aparejadas, separadas, distantes, cercanas. Siguen los cantantes, las sinfonías, los nombres de los instrumentos, los tonos que emiten, Mariela, y recurro a lo único que he usado en los últimos días, meses, años, décadas. Duermo durante el día y me disculpo pretextando trabajos que nunca engendro. Antonio insiste:

—Descansa, Luciano, prefiero no verte a contemplarte en ausencia.

Gabia ha llamado, las contestaciones han sido breves sin querer. Me tomo el cuello, me froto. Llevo ya tres semanas largas, larguísimas semanas, el aparato por las noches: luces y líneas blancas, velocidad en ascenso y yo que sin pensar, me dejo atraer. Negro el aparato. Me lo ofrecen en aquella esquina y lo acepto sin tener experiencia en su uso.

—Luciano, por favor, yo te amo. Para querer hay que quererse y tú te odias —eso fue por la mañana. La voz de Gabia que retruena en mis sentidos. Lo de Bonnetti, Cervantes y Borja ha terminado. Todo un éxito. Se acabó la nieve, se acabaron los bosques, los reencuentros silenciosos, los brazos apasionados. Lo compro de nuevo en la esquina pues me atrae aunque dude de sus posibilidades en un futuro. Latinoamericanito al fin, tu drama no será más que eso, un drama subdesarrollado pues al listado se agrega una muerte que me indigesta, muerte de lo irreal, muerte de lo superlativo que se disminuye contra todo el esfuerzo de vivir de los hombros para arriba. El lenguaje partidario como pasión creada, creadora, artificial. Vitalidad ingenua, nada nos llena, de ahí nuestros inventos. Abro de nuevo el refrigerador, el envejecido pastel me observa. Palpo las consecuencias de no haber leído todas aquellas notas que se acumulan debajo de mi puerta, de haber roto el cable del teléfono, de impedir que la mujer de la limpieza penetre, de sentir mi barba crecida con varios días, los mismos que lleva aquella lámpara encendida y las cortinas cerradas, pero ahora sin pastillas, sólo con aquello que se introduce en mí, por diversos medios. La luz del lavabo es fría e intensa, mi piel blancuzca, mis ojos que no son míos, mis manos que se alejan; espejo extraño. Esto me agrada, lo admito. Antes de morir me observo con niñez burguesa, superficial; educación que jamás he tocado en sus orígenes; de Saint Simon, Proudhon, Marx, pero Tocqueville tenía razón: la fe errática de la democracia. Oigo los golpes en la puerta y, acurrucado, junto al piso, escucho cómo el portero afirma:

—El señor Talbek ha salido de la ciudad.

La voz de Gabia que irrumpe con desesperación. Siento mi sonrisa que reconozco sádica. Tirado, maltrecho, sin poder dormir. Dormido recuerdo aquel alumno de nombre Lauro, su madre muerta en enero, su padre portero, su boca insignificante, su petición: empleo. Pierdo la sonrisa mientras los días pasan. Ordóñez burgués, Antonio burgués, Luciano Talbek burgués, compinches al fin y al cabo de Cervantes, Borja, Bonnetti. Una dimisión, una amenaza, una muerte y mucho ruido. Lauro perdió a su madre en un error médico. La demanda no tenía sentido, la falta de seriedad fue evidente. Yo perdí a mi madre, Ordóñez perdió a la suya, Antonio la conserva; todo en condiciones normales, siempre normal. Al pobre lo olemos como material de escritorio. Las clases medias nos compran nuestra producción en un afán reivindicador. Cierro aún más la cortina que se encuentra totalmente cerrada y me veo llorar sintiendo cómo el ceño se frunce. Divulgación genérica del absurdo mediocre que no tiene nada que decir. Los ojos me miran, permanecen abiertos, mis manos hinchadas en el fin de mi propio proceso, de mi juicio final, de mi primer juicio. Mis ojos me miran, me contemplan lejanos, después de haberme aniquilado. Nazco para morir, muero para nacer. He vivido para ser nada. Han muerto para hacerme creer que vivo. Pienso desbocadamente, ignorando lo evidente y se viene encima Miller, Proust, Malraux, nombres, más nombres. Me aniquilo de nuevo para no ser, pretendiéndolo. Gabia que me toca. Desirée impalpable, Desirée que me abofetea. La puerta cerrada, los golpes se repiten, estoy naciendo. Luciano prendido de un pecho que añora, de un vacío que lo delata, en la oscuridad moderna. A Desirée la necesita comprobar, a Gabia recobrar en sí. Tiene los ojos perdidos, sonríe, sonrío y miro a Sofía. Déjame, déjame en paz.

—Luciano, soy Gabia ¿me reconoces? —silencio y no respondo, la tomo como al pecho, siento su calor—. Luciano, estás mal —la puerta ha sido quebrantada, rota contra mi voluntad que jamás tuvo manifestación. Miro su pelo lindo y a los otros sin temor, admito que su hermana me atrae pero sonrío en silencio—. Luciano, necesitas... atención —no lo niego—. Yo estaré contigo —Qué bella Gabia, siempre generosa de sus pechos que intento tomar—. Luciano... los doctores —claro, si se trata del blanco, son doctores—; Luciano, confía en mí. Toma mi mano, apriétala —siento fuerte y los ojos se llenan de algo. La miro como única—; Luciano, tendrás que ir a un hospital, ¿entiendes?

—Permítame, señor Talbek —lo escucho—, usted no puede dormir...

—Sí, es cierto.

—Usted lleva días aquí…

—Sí, es cierto.

—Usted comprende —callo, levanto las cejas, lo miro.

—Sí.

Camino, sonrío y observo sin importarme a mí mismo. Los autos, la ciudad por calles que conozco, sonrío, las calles siempre más alejadas, soberbias.

—Por aquí.

Salgo sin violencia. Ella me ve con lágrimas en los ojos. Escucho mi nombre y siento calor no sé dónde. Ya camino de nuevo.

Luciano, Luciano, yo tomo lo tuyo, toma mi tranquilidad. Estamos por fin de acuerdo. ¿Me escuchas? Una y otra fueron reales. Luciano, ¿lo oyes? Jamás he mentido, jamás te he mentido y lo digo con palabras elocuentes. El césped ajeno, cemento que haré amigo. Tú eres, tú fuiste, tú serás.

Este libro se terminó de imprimir en junio de 2008 en Edamsa Impresiones S.A. de C.V. Av. Hidalgo (antes Catarroja) No. 111, Col. Fraccionamiento San Nicolás Tolentino, Deleg. Iztapalapa, 09850, México, D.F.